KEVIN BARRY

Beatlebone

ROMAN

Aus dem Englischen
von Bernhard Robben

ROWOHLT

Die Originalausgabe erschien 2015 unter dem Titel
«Beatlebone» bei Canongate Books Ltd, Edinburgh.

Dieses Buch wurde mit einer Übersetzungsförderung
von Literature Irleand publiziert.

LITERATURE IRELAND
Promoting and Translating Irish Writing

Deutsche Erstausgabe
Veröffentlicht im Rowohlt Verlag, Hamburg, Oktober 2020

Satz aus der Abril bei
Pinkuin Satz und Datentechnik, Berlin
Druck und Bindung CPI books GmbH, Leck, Germany
ISBN 978-3-498-00158-2

Für Eugene, Joan, Majella
und Mary

«... die unfassbarste aller Inseln,
die erste Person Singular.»

JOHN MCGAHERN

TEIL EINS

John verreist, getrieben vom Motor der Melancholie – 1978

Wie ein Tier bricht er zu diesem Ort auf, wie ein Zugvogel zu einem Schicksalsflug. Nichts daran ist geplant, es ist nicht mal besonders vernünftig, aber gerade das macht es so verlockend. Schon die halbe Nacht reist er nach Osten, und niemand hat ihn gesehen – hält man den Blick gesenkt, ist man unsichtbar. Über den weitgespannten Himmel und durch gespenstische Flughäfen, und jetzt sitzt er auf der Rückbank eines alten Mercedes. Sein Hirn fühlt sich an wie ein Stadtzentrum, und da ist ein seltsames Kribbeln in den Knochen seiner Affenfüße. Scheiß drauf. Er wird sich drum kümmern. Die Straße entrollt sich wie eine schwarze Zunge und schleckt an der Nacht. Sie haben doch was Äffisches, seine Füße, oder? Und sein Gaumen blutet. Aber das soll ihm jetzt egal sein – wird er noch drüber nachdenken. Spart er sich für später auf. Bäume und Felder huschen vorüber in der körnigen Nacht. In letzter Zeit hatte er wirklich Affen im verdammten Hirn. Angst? Von irgendwoher hört er einen traurigen, jenseitigen Ton, vielleicht aus seinem Innern. Und jetzt tauchen im Rückspiegel die schwermütig blickenden Augen des Fahrers auf –

Ist alles vorbereitet, sagt er. Sollte nicht die geringsten Probleme geben. Könnte aber noch eine Stunde bis zu diesem Hotel da draußen dauern.

Fahrer hat eine sehr angenehme Stimme, so tief und vertrauenswürdig wie die eines Nachrichtensprechers, dieser Bass, der braune Samt seiner Stimme, ach was, Cordsamt, und der große, klotzige alte Mercedes schneidet leise wie Geld durch die Luft.

John ist müde, aber nicht schlafmüde.

Keine verdammten Zeitungsfritzen, sagt er. Und keine verdammten Paparazzi.

Er vermutet eine Abfolge von Bäumen, Feldern und Hügeln im nahen Dunkel. So wie man an einem glückseligen Abend im Frühling eine Welt um sich herum entstehen spürt. Er kurbelt das Fenster zwei Zentimeter runter. Nimmt als Muntermacher einen Lungenzug kühler Sternenluft. Nachtbläue und Diesel. Wie schön. Er ist hundemüde, kriegt aber keine Ruhe in seinen Kopf. Es ist Maienzeit – die Luft voll davon, schmeckt danach – und er mal wieder völlig aufgewühlt.

Wo zum Teufel sind wir, Fahrer?

Schwer zu sagen.

Er mag den Fahrer. Er streckt die Affenzehen. Mitten in der Nacht, mitten im verdammten Nirgendwo. Er seufzt schwer – was gut genug anfängt, aber rasch zu einem dumpfen Stöhnen wird. Keine tolle Entwicklung. Fahrer wieder im Rückspiegel. Als wollte er sagen, *reiß dich zusammen*. Einen Moment lang mustern sie sich ernst; die Nacht zieht weiter. Der Fahrer ist puterrot im Gesicht – Irrsinn oder Ekzeme – und seine Nase sieht tot aus, und er schimpft nun leise:

Das bringt dich kein bisschen weiter.

Fahrer tippt ans Lenkrad, ein sachter Blick, die Straße dreht sich. Sie fahren schnell und nach Westen. Berge steigen in den Nachthimmel. Die kalten Sterne wandern. Sie klettern höher. Ständig ändert sich derweil die Luft. Bei lichtem Wald ein mittelalterlicher Geruch. Bei einem verlassenen Haus in einer plötzlichen Kurve okkulte Luft. Wie soll man diese verdammten Dinge erklären? Endlich das schwarz schimmernde Meer. Diese Gegend ist so gespenstisch

zumindest ist sie das für mich

und da ist auch eine Traurigkeit, nahebei, wie eine klamme zweite Haut. Hier draußen hat der Wind die Bäume zu neuen, merkwürdigen Gestalten verformt – er kann Hexen sehen, Ghule, Geschöpfe des Nachtwaldes, schmollende Banshees, schnatternde Trolle.

Eine Nacht für Scheißkäuze, sagt er.

Wie bitte?

Wollte sagen, hier hinten krieg ich noch die Scheißkrätze.

Tut mir leid.

Was anderes fällt Ihnen dazu nicht ein?

Er lehnt sich zurück, ein blasser, wacher, kreideweißer Komödiant; die wehen Knochen, das Alter. Kein Friede, kein Schlaf, kein Lebenssinn. Und da draußen ist das Meer und wogt. Er hört es rauschen – ein langsames, rostiges Schwärmen. Wie lyrisch für einen Mann zu dunkler Stunde, in Jeans, und einsam – es rührt ihn.

Fahrer dreht sich um, lächelt betrübt –

Sie sehen aus wie ein völlig in sich gefangener armer Wicht.

Ach?

Was geht Ihnen durch den Kopf?

Schwer zu sagen.

Liebe, Blut, Schicksal, Tod, Sex, das Nichts, Mutter, Vater, Fotze, Schwanz – daran denkt er.

Also –

Wie oft wollen die mich noch fragen, ob ich in dieser verdammten Muppet Show *auftrete?*

Ich will einfach nur auf meine Insel, sagt er.

Drei Tage will er allein auf seiner Insel sein. Mehr verlangt er nicht. Damit er sich die verfluchte Lunge aus dem Hals schreien kann, damit er von früh bis spät schreien und nachts die Sterne anbrüllen kann – falls es da Sterne gibt und sie zu sehen sind.

Der Mond riffelt durch die Felder, und weiter fahren sie durch die Nacht – Teufel auch, der Mond steht über den Feldern und Bäumen, er aber kriegt nicht mal ein Jaulen hin.

Radio?

Wenn's sein muss.

Wie wär's mit ein bisschen Luxemburg?

Klar, warum nicht, probieren wir's mit ein bisschen Luxy.

Nur wird da Kate Bush gespielt, Kate Bush unterwegs auf pfiffigem, windigem Moor.

Eine Frage, sagt er.

Ja?

Wieso zum Teufel pfiffig?

Singt sie wirklich pfiffig?

Singt sie.

Na ja ...

Stellen Sie's aus, sagt er.

Verfluchtes Hexengekreisch. Die Hügel laufen aus, das Dunkel taumelt. In der Ferne liegt jetzt eine Stadt in der gewölbten Hand ihres eigenen Lichts – ein kleines Königreich – und nach einer langen, unbestimmten Weile – er atmet, lebt aber kaum noch – kommen sie zu einer alten Brücke, und er bittet ihn, am Fluss anzuhalten, um mal kurz zu lauschen.

Hier?

Ja, genau hier.

Es ist vier Uhr früh – der Motor brummt im Leerlauf leise vor sich hin – und die Bäume haben Stimmen, und auch der Fluss hat Stimmen, und sie alle sind sehr alt.

Fahrer dreht sich um –

Das Hotel ist auf der anderen Seite der Stadt, nur noch ein paar Meilen.

Doch John sieht nach draußen, und er lauscht aufmerksam, und er beschließt, wie er weiter vorgehen will.

Sie können mich hier absetzen, sagt er.

Er hatte eine Weile auf seiner Insel leben wollen, nur war es dazu nie gekommen. Gekauft hatte er sie mit siebenundzwanzig, mitten in einem Traum. Jetzt ist erneut die Maienzeit, und wieder fühlt er sich ein wenig seltsam und verquer – die Schotten zur Unterwelt öffnen sich – und er muss mal wieder eine Weile auf seiner Insel sitzen und allein sein und auf die Bucht schauen, auf die fette Faust des heiligen Bergs an der anderen Seite der Bucht, muss einen Schwatz mit den Karnickeln halten und mit den Seesternen abtauchen und sich das Salz von den Lippen lecken und mit dem Kopf wackeln wie ein Hund nach einer Husche, muss urschreien und darf sich von niemandem aufspüren lassen.

Mit laufendem Motor steht der schwarze Mercedes hell erleuchtet bei der Brücke über den plappernden Fluss.

Langsamen, gemessenen Schrittes entfernt sich John rückwärts vom Wagen – erst einen Fuß, dann den anderen.

Er ist jetzt so meilenweit fort von der Liebe, von zu Hause.

Dies ist die Geschichte seiner merkwürdigsten Reise.

Und die Jahreszeit ist aus den Angeln. Bald gibt der Moment seine Last an den Sommer ab. Der Fluss ist ein Stimmensturzbach über die Riefen und Tunnel ins weiche schwarze Fleisch der Nacht und Wälder, und entspannt lehnt der Fahrer an der Haube – lässig, sorglos, die Arme gekreuzt, und falls überhaupt irgendwas, dann amüsiert –, da die Tür offen steht, leuchtet der Wagen hell vor der Dunkelheit und dem Mauerwerk der alten Brücke und der kleinen Stadt, die dahinter mit ihren Schornsteinaufsätzen und gewölbten Giebeln in die Höhe ragt. John geht noch einen Schritt rückwärts und noch einen, und er lacht laut, aber nicht abfällig – der Fahrer wird kleiner, sieht ihm weiterhin amüsiert nach – und die Stadt und der Fluss und die Brücke und der Mercedes weichen im Schrittmaß zurück und werden kleiner

was, wenn ich weitergehe, ohne zu sehen, wohin ich gehe,

was, wenn ich unter die Bäume und in den letzten Rest der Nacht gehe

und er kommt von der Straße ab und tritt in einen Graben und verliert den Halt, und er stolpert und fällt auf den Hintern und ins schwarze, schockkalte Grabenwasser. Wieder lacht er und rappelt sich auf und dreht sich um, und jetzt geht er vorwärts hinaus aufs Feld, geht schneller.

Er reagiert nicht auf seinen Namen, als der durch Nacht und Luft schallt.

So eine klare, warme Nacht. Er läuft auf das Feld, bis er ein gutes Stück von der Straße fort ist. Er kann ihren Namen in den Himmel rufen. Kann dessen Licht wieder im Mund spüren. Verdammte Scheiße. Er ist so müde, so fertig, so Scouse – ein Liverpooler Schwärmer. Das erdige Weich unter den Füßen eine Wohltat. Er möchte sich in diesen weichen, satten Papp legen und tut es auch. Das ist alles, was er braucht. Er dreht sich auf den Bauch, liegt mit dem Gesicht auf der Krume, gräbt die Finger tief hinein ...

Halt dich verdammt fest, John.

In winzigen Etappen kreisen die Sphären der Nacht. Ein letzter Rest Dunkel schwingt sich durch ihr Grau, ihr Gewölbe. Er kann tun, was er will. Er könnte in einem spanischen Schloss wohnen, könnte im Einklang mit den Mondphasen leben. Er dreht den Kopf, um die Wange in den Dreck zu schmiegen. Ruht sich eine Zeitlang aus. Der Mars ist ein fahles Feuer am östlichen Himmel. Eine lange stille Weile liegt er da, bis die Hügel erwachen, die Vögel zu werben und zu rufen beginnen, und nun fühlt er sich hellsichtig und wie neu erschaffen.

John liegt aufgesattelt auf der warmen Erde, und er lauscht ihren Knochen.

Seit Frühlingsanfang ist ihm der innere Halt entglitten. Er kennt die Anzeichen. Einen Moment lang verloren in der Vergangenheit, im nächsten zurückkatapultiert ins Hier und Jetzt. Das hat so keine Zukunft. Das Jahr wandelt sich und grünt, und alles wird wieder allzu scheißlebendig.

Und so lange schon plagt ihn das eigene Ich, so lange schon ist er unbeirrt fasziniert von seinem eigenen schwarzen Ich – er hat Schmerzen, er ist ein Gott, er ist ein gottverdammtes Monster – jetzt aber ist er siebenunddreißig –

ich meine scheißverdammte siebenunddreißig?

– und er will endlich über sich hinaus – ist schließlich erwachsen – also hält er Ausschau, betrachtet die Welt und sieht klar und deutlich, was für ein Drecksloch sie ist, was für ein Scheißloch und was für ein herrlicher Himmel – ein Venushügel – voller Liebe und Sex und Schlaf, zumindest gelegentlich, und er ist skabrös (das ist doch mal ein Wort!) und zärtlich – er ist beides – und dann dieser Überschwang an verdammter Mutterliebe – obwohl – für ihn, den sentimentalen Scouse, den Mann aus Liverpool – für ihn ist ihr Todesglanz sein dunkler Stern – und die alte Stadt, kohlschwarz und majestätisch – war sie doch, oder nicht? – zumindest zu ihrer Zeit, nachts so aufgedreht – Bierfahnen, Kippenqualm, das Gedröhn der Kirchenglocken – und ein schneller Fick in einer Gasse – gab's den, ja? – zu Mitternachtsgebimmel Mösenduft in der Luft –

o meine süße meine blasshäutige meine weichlippige Kleine

– und jetzt hat er einen Ständer und läuft die Bold Street entlang, und er ist in Liverpool, und er ist siebzehn, ein nordenglischer Bleichling mit irischem Kartoffelblut, das ist er, sonst nichts, drinnen aber, tief unten – *hört nur* – wie die trunkenen Noten sich regen.

Er setzt sich auf und schaut sich skeptisch um. Heilige Scheiße. Er sitzt im reinen grauen Licht, in klammer Kälte. Er hat es fraglos zurück ins verdammte Irland geschafft. Darüber denkt er nach und steckt sich eine Kippe an. Übers Feld peitscht ein eisiger Wind, und die hohen Gräser biegen und wiegen sich – er niest. Heißt es nicht, beim Niesen verharre kurz die Seele? Zumindest verpisst sie sich für einen Moment. Er steht auf und kriegt einen Hustenanfall. Die armen Lungen, diese müden Soldaten. Erneut latscht er drauflos. Lauscht auf einen Song unter der Haut der Erde. Eingedenk dessen, dass er sonst nirgends einen findet. Läuft in Richtung Straße. Ein bisschen panisch, klar, aber lauf einfach weiter. Und vielleicht, John, schaffst du es so, die Vergangenheit hinter dir zu lassen.

Er folgt der eigenen Spur zurück durchs hohe Gras. Im klammen Licht läuft er über die Brücke. Ein trister Freund, ein Reiher, steht grau und still und – wie heißt das verdammte Wort – am Rand von Fluss und Stadt. Er läuft weiter in Richtung Stadt. Wachsam, so heißt es. Sein Wortschatz ist total im Arsch. Wochenlang schlecht geschlafen. Wochen voller Nachtschweiß und Ausgelassenheit. Nur ist diesmal kein Song dabei rausgesprungen. Die kleine Stadt so verlassen wie ein Strand zu Kriegszeiten. Er setzt sich auf eine Bank am leeren Platz. Gönnen Sie sich ein Päuschen, Missus Alderton. Er blickt sich um. Okay. Er dürfte halbwegs so aussehen wie aus einer Pete-and-Dudley-Nummer. Warum genau ist er eigentlich hier in dieser Nichtsstadt in diesem Nirgendwoland auf der falschen Seite des Ozeans und so weit fort von denen, die er liebt, von zu Hause? Vielleicht, weil er weiß, dass er hier draußen allein sein kann.

Es ist frühester Morgen und bis auf das Laub alles still. Unter raschelnden Blättern geht er den Platz ab, am schlafenden Lebensmittelgeschäft vorbei und an der schlafenden Kirche, und es gibt sogar eine schmucke kleine Krankenstation – wie typisch für mich, denkt er. Sein Einfühlungsvermögen – alt und krank zu sein, wie das wohl wäre? Der Talkumpuder- und Marmeladentörtchengeruch fülliger Matronen. Ein letztes Zucken im Ständerdepartment? Ach, vergebens, ja. Na gut. Geh weiter, John. Bleib so scheißfrohgemut, okay? Wahllos taumeln Wörter über seine Lippen, während er die wenigen leeren Straßen der Stadt abläuft. Ein neuer Eintrag fürs Vokabular – wehevoll. Eigentlich ganz schön. Er geht wieder in Richtung Platz. Nimmt da unten eine undeutliche Bewegung wahr: der Reiher, der seinen königlichen Kopf wie ein Uhrwerk dreht, um ihn jetzt von seinem Platz am Fluss aus zu beglubschen. Gruß von Knopfauge an Knopfauge. Irgendwelche Neuigkeiten für mich? Nichts Gutes, fürchte ich. Der metallische Schimmer des grauen Gefieders im kalten Sonnenlicht. Unirdisch, der Eindruck – irgendwie jenseitig. Lauf verdammt noch mal weiter. Er sieht einen dicken alten Köter, der in einer Seitenstraße ein Nickerchen hält. Ach, wie herzig. Einen Moment lang schaut er zu und wird sogar ein bisschen rührselig wegen der ruckligen kleinen Seufzer des Hundeatems – er ist jetzt draußen in der Welt – und wegen des dicken schlafenden Bauchs, und er kann geradezu die Köterträume sehen, Träume von Knochen und Katzen, von koketten Pudeln, die Gitanes rauchen und keck ihren strammen Pudelarsch in die Luft recken.

Die Luft ist schwer und salzig. Könnte man fast ein Stück von abbeißen. Schnuppere den meerbissigen Hauch von Vagina, den Mamiduft. Er hatte schwierige fünf Minuten, aber er hat sie überstanden. Er entdeckt eine Infotafel für Touristen. Darauf sieht er eine Karte, und er kann all die Namen von vor neun Jahren – seinem letzten Besuch – wieder runterrattern. Newport, Mulranny, Achill Island, und dann die große zerklüftete Bucht mit all ihren winzigen Inseln. Es gibt zehn, Dutzende, Hunderte davon. Er liest, dass es zusammen dreihundertfünfundsechzig Inseln sind, eine Insel für jeden Tag des verdammten Jahres –

Wie will er da rausfinden, welche Insel ihm gehört?

Geraschel und Bewegungen. Er ist allein, aber nicht ganz – er kann hören, wie sich die Geister der Stadt regen, wie sie nach der Nachtschicht ausstempeln. Er blinzelt dreimal, damit sich die Schisser verpissen. Er hat so seine Rituale. Er genehmigt sich eine Kippe und lauscht. Ein tiefer Zug, dann hält er die Luft an, und sein Herz wummert; langsam atmet er wieder aus. Er sucht jetzt Kontakt mit dir. Siebenunddreißig Jahre hat er auf seinem Weg hinter sich – diesem langsam-schnellen, langsam-schnellen Weg – und er haust in einer großen Festung hoch über der Prärie, über die furchterregende Rothäute ziehen – die kühnen Manhattoes – und wenn er es nun flüstert, ganz ganz leise – ein bestimmtes Wort – und wenn du die Ohren spitzt – ganz ganz aufmerksam –

Glaubst du, du kannst ihn dann noch hören?

Der dicke alte Hund kommt mit allen Anzeichen großer männlicher Verwirrung aus der Seitenstraße getrottet. Verwirrung verrät der Gang des armen Köters, seine Haltung. Er wirft einen Blick rauf durch die Stadt und schüttelt den Kopf. Er wirft einen zweiten Blick runter – auch nicht besser. Den Fremden scheint er noch gar nicht wahrgenommen zu haben. Er schnuppert am Rinnstein – nicht gut. Er kratzt sich lang und ausgiebig an der Wand des Lebensmittelgeschäfts – die steht noch, und der Waschbeton eignet sich bestens für heikle Stellen. Seine Morgenpatrouille führt ihn näher an den Platz heran, müde und matt;

bedächtig schwabbeln bei jedem Schritt die fleischigen Lenden. Mitten auf dem Platz bleibt er stehen, verharrt in frommer oder philosophischer Andacht, da die Brise Neuigkeiten bringt, die seine Schnurrhaare um die Schnauze zucken lassen; er knurrt halbherzig und dreht sich einmal um sich selbst, um die Geruchsspur aufzunehmen, da sieht er auf der Bank einen schlaksigen Mann in Jeans.

Guten Morgen, sagt John.

Argwöhnisch hebt der Hund eine Braue – er ist vorsichtig, ihm macht niemand ein X für ein U vor. Vorsichtig tapst er näher, sieht seelenvoll in Johns Augen und stöhnt.

Ich weiß genau, wie du dich fühlst, sagt John.

Und nun legt der dicke alte Hund das Kinn auf Johns Knie, John legt eine Hand an die atmende Wärme der Hundeflanke, und sie teilen diesen Moment seufzender Gnade.

Benenne nie den Moment des Glücks, da er sonst vergeht.

Der Hund legt sich hin, macht es sich neben seinen Füßen bequem und senkt das sabbrige Kinn auf die Zehen der neuen purpurroten Sneakers.

Sind noch nicht lange aus der verdammten Schachtel raus, sagt John.

Er langt nach unten, hebt mit einem Finger das Hundekinn an, und er sieht dort so wonnige Trauer und etwas ganz besonders Faszinierendes, etwas auf schnulzige Weise Faszinierendes, dass er gleich beschließt, dem Hund einen Namen zu geben –

Brian Wilson, sagt er.

Woraufhin der Hund träge mit dem Schwanz wedelt und offenbar grinst, und da lacht John, und er beginnt in hohen Tönen zu singen –

Oh it's been buildin' up inside o' me

For oh, I don't know, how long ...

Der Hund stimmt ein, stöhnt leise und melodisch, der perfekte Kontrapunkt – ihr Morgenduett – und John denkt:

Diese Eskapade läuft gleich von Anfang an aus dem verdammten Ruder.

Ein brauner Wagen rollt langsam von oben aus der Stadt heran. John und der Hund Brian Wilson drehen Maul und Knopfaugen, um ihn zu inspizieren. Auf dem Fahrersitz hockt ein winziger, erbsenköpfiger Kerl, der kaum übers Lenkrad gucken kann. Er hält vor dem Lebensmittelgeschäft, lässt den Motor laufen und steigt aus dem rappelnden Auto. Irgendwas an diesem winzigen, drahtigen Kleinen erinnert an einen Jockey oder an die Rennbahn in Aintree. Er fischt einen Packen Zeitungen vom Rücksitz und trägt ihn zur Ladentreppe.

Wie geht's?, sagt der Jockey-Typ.

Geht so, sagt John.

Er legt das Bündel auf die Treppe, zückt aus der Arschtasche ein Federmesser, schneidet die Schnur durch, zieht die oberste Zeitung heraus und überfliegt sie, während der Motor weiter vor sich hin schnauft und Brian Wilson ihn mürrisch mustert und John sich gegen die Morgenkühle zusammenkauert, die in scharfen Spitzen vom Fluss herüberzieht.

Ich erzähl Ihnen mal was für ganz umsonst, sagt der Jockey-Typ.

Und das wäre?

Dieses Land wird von einer Meute verdammter Affen regiert.

Wem sagen Sie das.

Er seufzt und steckt die Zeitung wieder ordentlich zurück ins Bündel. Er tritt an den Rand des Bürgersteigs und sieht zu einem Fenster über dem Laden hoch.

Keine Spur von Martin?, sagt er.

Und schüttelt in leiser Verzweiflung den Kopf ...

So ein Pech nach so einer Nacht, also ehrlich.

Und damit macht er sich wieder auf den Weg.

John und der Hund Brian Wilson sehen ihm nach.

Diesen Jockey-Typen kann man nicht trauen, sagt John, allein schon wegen der seltsam schiefstehenden Augen.

Ein breitschultriger Junge spaziert mit einem orangefarbenen Fußball unterm Arm über den Platz. Beim Gehen scannt er die Gegend, erst die eine, dann die andere Seite, Osten und Westen. Das Gesicht steinhart. Als wollte er in Russland einmarschieren.

Morgen, sagt John.

Und?, sagt der Junge.

Er bleibt stehen, lässt den Ball fallen, hält ihn mit dem Fuß – rollt ihn in langsamen, nachdenklichen Bewegungen hin und her.

Bist du einer von den Connellans?, fragt er.

Könnte sein, sagt John.

Hier für den Sommer oder nur für kurz?

Mal sehen, wie's sich anlässt.

Ah ja.

Der Junge tritt den Fußball an die Wand des Lebensmittelgeschäfts, stoppt ihn, rollt ihn mit dem Fuß und tritt noch einmal zu, weil er so gut abprallt.

Wie geht's der Großmutter?

Nicht so blendend, sagt John.

Wird natürlich alt, sagt der Junge und zuckt zusammen.

Und wie alt bist du jetzt?

Zehn, sagt er.

Verdammte Scheiße, sagt John, wie die Zeit vergeht.

Sie verwechseln mich sicher mit meinem Bruder, sagt der Junge. Heißt Keith und ist erst sieben.

Gut möglich.

Kurz angebunden zieht der Junge weiter, winkt, tritt im Gehen diagonal den Ball, wird mal schneller, mal langsamer, um ihn immer wieder abzufangen, und steppt dabei im Rhythmus, während der Ball der abfallenden Straße folgt, ein ungelenker, krummbeiniger Junge, dessen Name nie von tobenden Stadionrängen herabgejubelt werden wird – und so strömt der silberne Fluss dahin.

Und der Junge überquert den Fluss und läuft weiter, und der Reiher schwingt sich mit gemächlichem, schwerem, taktfestem Flügelschlag in die Luft, und der Junge läuft zum Fußballplatz, und der Tag bricht an. Es könnte einem das Herz brechen, wäre man von entsprechendem Schlag oder Gemüt.

Wäre man ein Gent, der zu Tränen neigt, sagt John.

Und wieder stöhnt Brian Wilson leise, reckt sich und jault in der Morgensonne.

Hier kommt eine alte Dame, sie sitzt mit zusammengekniffenen Augen hinterm Steuer eines irre pinkfarbenen

Mini, der auch wieder vor dem Lebensmittelladen – wohl der Mittelpunkt der Welt – aufheult und abgewürgt wird. Sie trägt einen selbstgestrickten orangeroten Hut und eine große klobige Brille, kurbelt das Fenster runter und schickt einen pessimistischen Blick durch ihre Flaschenbodengläser.

Keine Spur von Martin?

Hatte wohl eine harte Nacht, sagt John.

Sie spricht mit deutschem Akzent – die behutsame Wahl der Worte, ehe sie ihr über die Lippen kommen.

Tja, mein Pech, dann fahr ich doch lieber mal nach Westport, sagt sie.

Und düst wieder los.

Die Räder eines entzückenden alten Traktors schleudern einen Staubschleier Sand und Scheiße auf, und auch der uralte Bauer mit eingedrücktem Gesicht und elektrisierenden, vogeleierblauen Augen hält für einen Moment und ruft ziemlich streng –

Cornelius O'Grady sucht nach Ihnen.

Dann fährt er weiter, und der alte Hund stemmt sich auf die Beine, bellt einmal hustend und traurig und stromert zurück in die Seitenstraße.

Im Schlaf ist das lustiger als im Wachen, sagt John.

Er blickt sich um. Am oberen Ende des Platzes entdeckt er ein kleines Hotel, das den Flair grimmiger Unvermeidlichkeit verströmt. Er zuckt mit den Achseln und steht auf.

Ich meine, was kann schlimmstenfalls schon passieren?

An der Rezeption ist niemand, aber weiter hinten klappern sie mit Töpfen und Pfannen. Eine durchgeknallte Blechmusik-Combo. Auftritte nur vormittags. Er riecht gebratenen grünen Speck. Suhlt sich im Brodem von Rauch und Fett. Iss das Schwein und mach den Affen. Er drückt auf die Klingel. Kein Mensch lässt sich blicken. Er drückt erneut und wartet. Niemand hat's eilig. Er drückt wieder, und eine alte Vettel mit Hexenrüssel im rasiermesserscharfen Gesicht taucht auf. Mustert ihn von oben bis unten. Sauer wie die Milch vom vorletzten Montag. Schaut ihm zweimal zwischen die Füße, ob er da unten auch wirklich keinen Koffer versteckt hat.

Und?, sagt sie.

Hätte gern ein Zimmer, Holdeste.

Sie wirft einen Blick zur Uhr an der Wand.

Was für eine ausgefuchste Uhrzeit, um in einem Hotel aufzuschlagen, sagt sie.

Und das in Jeans, sagt er.

Die Luft an der Rezeption ist so alt und schwer wie in einem Krankenzimmer; die Standuhr schwingt durch ihre schwermütigen Momente.

Reserviert?, sagt sie.

Sehr, sagt er, deshalb hätte ich ja gern ein Zimmer.

Sie schnaubt. Schlägt das Gästebuch auf. Schiebt die Brille hoch. Lässt sich Zeit beim Lesen.

Steht da drin irgendwas über ein Zimmer, Holdeste?

Die Spitze ihrer grünen Zunge sucht die Mundwinkel ab.

Ein Zimmer?, sagt er.

Mit enormem, erhabenem Kummer dreht sie sich um und nimmt vom Haken am Holzbrett einen Schlüssel – und John fühlt sich, als hinge er selbst schon seit Jahren dort.

Das beste Zimmer, das Sie haben?

Unterscheiden sich kaum, sagt sie, tauscht aber den Schlüssel gegen einen anderen aus – ein schlechteres Zimmer, weil er gefragt hat.

Zahlung im Voraus, sagt sie.

Überrascht mich kein bisschen.

Name?, sagt sie, und er fischt einen aus der Luft.

Sie geht eine Treppe hoch, die nach Maus riecht und nach anno dunnemals, und sie steigen weiter bis zu einer Dachkammer, und die Traufe neigt sich ihm zu, als wüsste sie ein paar Geheimnisse zu erzählen – hallo? – und am Ende des Flurs gelangen sie an eine gruselige alte Holztür.

Hier also verstecken Sie den Buckligen, sagt er.

Sie wirft ihm einen mürrischen Blick zu, steckt den Schlüssel ins Schloss, dreht ihn mit öligem Klicken.

Er bedankt sich, als sie sich an ihm vorbeidrückt – hallo? – und einen halben Moment lang leuchtet ihr Gesicht auf. Sie legt eine papierne Hand auf seine – fühlt sich an wie Mottenflügel, die Adern ausgeprägt wie die eines Junkies – und sie flüstert –

Sie?, sagt sie. Sehen ihm jedenfalls verdammt ähnlich.

Nicht so sehr wie früher, sagt er.

Das Urschreien hat er mit Dr. Janov in Kalifornien angefangen. Er wurde in Einzelgesprächen rangenommen. Verdammt hart rangenommen. Stundenlang saß er da, über Monate, und bohrte tief. Er hielt nichts zurück. Er brüllte, und er schimpfte, und er schrie. Er verfluchte jeden, er verfluchte sie alle, er verfluchte das Blut. Dr. Janov sagte, er müsse bis aufs Blut gehen – und er ging bis aufs Blut.

Mutter, Vater.

Möse und Schwanz.

Was alles ihn aufgewühlt, geformt und verbogen hatte. Was ihn über die Jahre hinweg verrückt gemacht hatte. Er war teuflisch wütend. Vier Monate arbeiteten sie zusammen da draußen an der Küste. Dr. Janov trug einen Helm schöner weißer Locken – sie leuchteten in der Sonne. Dr. Janov redete vom amorphen Schicksal, von namenloser Angst, vom verletzten Hirn. Es war verdammt kein Picknick da draußen an der Küste. Er hockte auf der Terrasse, und er schaute aufs Meer, und ihn schmerzte das Herz, und er trank verdammten Orangensaft, und er weinte, bis er sich ganz schwach fühlte. Er hatte einen Schatten unter der Haut, und er war so verschissen schwach.

Dr. Janov sagte, Ruhm sei eine Geißel und hohl – erzählen Sie mir was Neues, antwortete er. Dr. Janov sagte, er solle ihn ignorieren – und er, das versuche er ja verdammt noch mal. Dr. Janov sagte, er solle seine Wut kanalisieren und kein Hasch rauchen – und er, ich werde sehen, was ich tun kann.

Dr. Janov sagte, er solle urschreien, oft, und in Gedanken sah er gleich eine Insel.

Windgefickt, wellengeschlagen.

Der Westen Irlands – Ort des alten Blutes.

Ein Ort zum Urschreien.

Er hockt in seiner Grabkammer oben im Newport Hotel. Darin gibt es einen knarzenden Sessel, ein durchgehangenes Bett, ein paar arrogante Spinnen, eine Matratze mit Flecken in Gestalt von Planeten und einer existenziellen Krise. Aber er will nicht etepetete sein.

Er sieht aus dem Fenster. Wirklich ein schöner Tag. Die Straße führt zum Fluss, und über den Fluss führt die Brücke, und die Hügel steigen an und

la-di-da

la-di-dum-dum da

das Grün, das Braun, die Baumwipfel, und all das bedeutet ihm nichts. Auf der anderen Seite des Platzes ein harscher Lichtblitz, kreisend – der Bauch einer Schwalbe, jetzt wieder dunkel, und seine Gedanken flattern und kreisen auf die gleiche Weise. Er will auf seine Insel, aber ungesehen, unerkannt – er will nicht mehr als ein Rascheln sein, nicht mehr als ein Schatten.

Er tätigt die Anrufe, die er tätigen muss. Es wird vereinbart, dass man ihm morgen jemanden schickt, einen Fixer, der alles organisiert. Eine Weile liegt er auf dem Bett, kann aber nicht schlafen. Zieht sich aus und steht wieder auf. Ihm ist ein bisschen schwindlig. Er kauert sich in den Sessel am Fenster. Er ist nichts als Ecken und Kanten. Er redet laut und ziemlich lang. Er redet mit seiner Liebe – die Augen geschlossen – und er redet mit seiner Mutter. Verdammte Scheiße. Die Stunden, die er im Sessel hockt, sind wie Jahre –

Er ist ein Junge.

Er ist ein Mann.

Er ist ein sehr sehr alter Mann.

– und er sitzt da den ganzen Tag, bis die Sonne ums Haus gewandert ist und das Zimmer fast wieder im Dunkeln liegt.

Ein Tag, der sich so lang wie ein Jahrhundert anfühlt – vielleicht ist er immer noch da draußen. Der Abend wird kühl, und er geht wieder ins Bett. Wickelt sich in eine Decke und ruft unten an. Führt ein langes sokratisches Gespräch mit dem Ergebnis, dass ihm nach einer gewissen Zeit eine braune Gemüsesuppe gebracht wird. Der Junge, der sie bringt, hat ein vollkommen ovales Gesicht, flach wie ein Penny.

Auf Rollschuhen wärst du schneller, sagt John.

Er schlürft die Suppe. Sitzt in seine Decke gehüllt. Die Suppe ist so heiß, dass sie ihn ganz schieläugig macht. Das Bett schwankt wie ein Meer. Ein Anruf vom Fixer, die Stimme tief und vertraut – wie die eines Nachrichtensprechers; und er sieht wieder das puterrote Gesicht vor sich, die tote Nase, den dicklichen Fahrer.

Sie schon wieder?

Tja.

Sanft erkundigt er sich nach Johns Begehr. Hört sich dabei an, als hätte er einen Trauerfall erlitten. Das Bett bewegt sich, als säße John auf einem verdammten Floß.

Noch einmal, das Wichtigste, sagt er, keine Zeitungen, keine Journalisten, kein Fernsehen.

Wird nicht leicht werden.

Und noch was, sagt er. Ich kann mich nicht daran erinnern, wo genau die Insel liegt.

Okidoki.

Aber ich weiß noch den Namen.

Nicht schlecht für den Anfang.

Pläne werden gemacht – sie wollen gleich morgen früh aufbrechen.

Und wie heißen Sie noch mal?

Ich heiße Cornelius O'Grady.

Cornelius?

Wie das Alter im Leben kommt und geht – er wird nie wieder so alt sein, wie er es mit siebenundzwanzig war. In der Dachkammer des kleinen Hotels läuft er auf und ab und lacht, und eine Weile kommen die Worte wie in Mustern, wollen aber nicht bleiben. Nein, sie wollen verdammt nicht bleiben. Er blickt über den nächtlichen Stadtplatz. Der liegt verlassen, ist aber nicht statisch – er kommt und geht mit Zeit und Wind. Die Hälfte der Zeit weiß man in diesem Leben weder, wo man ist, noch wann. Es gibt Momente unangenehmer Lebendigkeit. Am besten, man nagelt die fest. Er langt nach dem Telefon. Wappnet sich. Holt tief Luft und wählt, und es folgt eine Transaktion von arabischer Finesse mit der verdammten Rezeption da unten. Irgendwann klappt's – der Rollschuhjunge bringt ihm ein Glas Whiskey.

Lässt das Brusthaar sprießen, sagt er.

Okay, sagt der Junge.

Moor und Rauch – schmeckt nach Vergangenheit und Onkeln, Schluck für perlenden Schluck. Dabei trinkt er eigentlich nicht mehr. Kein Alkohol, kein Junkfood, kein Koks. So lauten die verdammten Regeln. Er ist makrobiotisch. Er ist Brauner-Reis-mit-Gemüse. Die Stationen des verfluchten Kreuzwegs. Ein Buch – das wäre eine gute Idee. Im Zimmer ist es duster geworden, als die Nacht ihre Tiefe fand. Wie lautet das verdammte Wort? Dämmerlicht. Dagegen knipst er eine Lampe an. Ihr bernsteinfarbenes Licht, das matt die alte Flocktapete wärmt, schafft einen Hauch, eine Aura edwardianischer Zeit – unmöglich zu übersehen. Und dieses Wort – edwardianisch. Sehr hübsch. Es lässt an Eleganz denken, an Karottenhosen und Teddy Boys. Er schaut sich in dem winzigen Zimmer unter der Dachtraufe um und lacht – der Westen Irlands bei Nacht. Ach, schnapp halt ein bisschen frische Luft, ehrlich. Geh gleich spazieren. Aber fall nicht in die verdammte See. Bodenlose Tiefe usw. Gottverflucht, ein Buch – das griesgrämige Hirn mit Worten füllen. Er zieht eine Schublade der winzigen Kommode auf – die ist so klein, als wäre sie für den Klimbim von Elfen gedacht – aber es gibt keine Gideon-Bibel, nicht direkt, dafür ein altes Buch:

Die Anatomie der Melancholie von Richard Burton

Richard Burton, im Ernst? Was ist denn das hier für eine Hütte? Schon verformen die melodischen Silben seine Lippen – schmalzig, lispelig, walisisch, leicht tuntig? Wie hieß es noch gleich? In *Unter dem Milchwald*? John blickt ins matte Silber seines Toilettentisches und spricht stumm:

Geliebtes Wales, ich weiß, du hast
weit schönere Städte als meine
und höhere Berge in Wolkenlast
und blumenreichere Haine …

Blumenreichere Haine? Scheiße auch. Er blättert das Buch durch. Okay, ist ein anderer Richard. Und es kommen Typen allen möglichen Schlags drin vor. Er fällt aufs Bett, entknotet die langen, kalten Glieder. Stürzt sich in die trunkenen Seiten. Er liest Stunde um Stunde und immer mal wieder

Du kannst von mir nicht schlimmer denken als ich selbst

spricht er die Sätze laut, oder

Nur Melancholie überwindet Melancholie.

bloß die beiden Wörter, wiederholt

Der die Weisheit mehrt, mehrt auch den Kummer.

wieder und wieder

So dir meine Worte nicht gefallen, lies etwas anderes.

Scheiße
Scheiße
Scheiße.

Schließlich gibt er sich der Nacht geschlagen oder arrangiert sich doch damit. Er schläft lang und unruhig, wird von wilden Träumen über bewaldete Orte gequält. Was ihn nicht sonderlich überrascht. Er trifft Elfen und Kobolde und alberne Teufel. Angst? Als er aufwacht, ist die Welt wie neu, der Morgen in dichtem Nebel verloren. Die Knochen tun ihm weh – er ertastet den Schmerz mit einem langen, dumpfen, genüsslichen Seufzer. Was er sehr angenehm findet, auch wenn er sich dabei wie verdammte sechsundneunzig fühlt. Der Nebel zeichnet die grauen Gebäude draußen weicher, lässt sie stellenweise ganz verschwinden. Die Hügel am anderen Ufer sind komplett weggewischt. Er fühlt sich eigenartig zu Hause, als wäre er sein Leben lang in diesem Zimmer aufgewacht: ein Schwärmer. Vielleicht als Lebensmittelhändler, als Bauer oder als Priester. Jetzt wird seine Ruhe durch eine Abfolge wütender Schritte über den Flur gestört, dann ein irres Pochen an der Tür, die fliegt fast aus den Angeln –

Kommen Sie lieber rein!

Das rasiermesserscharfe Gesicht taucht auf, seine Lieblingsvettel, und sie ist auf dem Kriegspfad –

Große Dampffontänen sprudeln aus ihren haarigen Ohren.

Ihre Stecknadelaugen blicken fuchsteufelswild und suchend.

Ihre Lippen verformen sich zu einem schiefen O.

Wer ist denn gestorben?, sagt er.

Sie wirft einen giftigen Blick durchs Zimmer.

Saugt schnuppernd die Luft ein, als hätte er ins Bett gepisst.

Ist Ihnen klar, sagt sie, dass es zehn Uhr morgens ist?

Ehrlich?, sagt er. Schon?

Es gibt Leute, sagt sie, die haben den halben Tag bereits hinter sich.

Beste, was man mit seinem Tag machen kann.

Sie beäugt ihn – wie eine Eule eine Maus – und schnaubt. In ihrem Blick liegt ein düsteres, tantenhaftes Misstrauen, als hätte er sich gerade klammheimlich einen runtergeholt. Etwas Klammes, Schwitziges, wie in Familien. Er ist hier in was reingezogen worden. Die Uhr läuft rückwärts. Jungenhaft hält er sich die Bettdecke vor die Brust.

Sollte ich vielleicht mal in die Gänge kommen, Holdeste?

Besser wär's, sagt sie. Unten ist eine Frau, die hat ein Zuhause, und dahin will sie.

Eine Frau?

Macht das Frühstück.

Oh, sagt er, die mit der Blechmusik-Combo.

Ihrer Mutter geht's nicht so. Hat nur noch eine halbe Lunge, die den Namen verdient, die andere Hälfte ist hinüber. Heißt es zumindest. Ich weiß nur, sie muss in der nächsten Stunde wieder zu Hause sein, sonst ist die Mutter ab durchs blöde Fenster. Wieder mal.

Ehrlich, Holdeste. Ich hab's nicht so mit Frühstück. Mir reichen eine Pepsi und eine Kippe. Mutter aus dem Fenster?

Wär nicht mal das Schlimmste, sagt sie. Sollten aber trotzdem kommen – ich hab da unten einen Mr. O'Grady, der auf Sie wartet.

Als sie den Namen sagt, streicht sie sich übers Haar und schürzt ungehörig die Lippen.

Bei Ihnen wohnt ein Mann namens McCarthy?, hat er gefragt. Ich sag, na ja! Ich sag, ich denk, das tut er tatsächlich.

Die heilige Mutter Maria hängt liebevoll herunterblickend an der Esszimmerwand, in Blau, und sie weint – eine Bluttränе kullert.

Cornelius O'Grady sitzt direkt darunter – das Haar gefettet und zur Entenschwanzfrisur gekämmt.

Würde es Ihnen was ausmachen, sich hinzusetzen, John, sagt er. Sie machen mich schwindlig.

Tageslicht zeigt Cornelius in bester Verfassung. Lebensprall und voller Elan und Schwung. Er mustert John ausgiebig und stumm, schüttelt mit leidgeprüfter Belustigung den Kopf.

Das Problem, sagt er, ist, die erkennen Sie doch sowieso gleich.

Bekümmert macht er sich wieder über seine Frühstücke her. Er hat sich zweimal gebratenes Frühstück aufs weiße Tischtuch stellen lassen. Als würde der mächtige Wackerstein seines Schädels von einem Kran gesteuert, bewegt er ihn in geruhsamen Attacken über die Teller. Genüsslich schneidet er ins Fleisch und kaut und lächelt grimmig.

Wir können es bloß verdammt noch mal versuchen, sagt er.

Ein gewaltiger Kauer: Wie das massive Kinn von Seite zu Seite schwingt und mahlt – reichlich Kinn haben sie hier alle. Er tunkt einen Batzen Brot ins Eigelb, und es riecht nach verbranntem Fett und ekligem Speck.

Noch nichts gegessen?, sagt er.

Mir geht's gut, Cornelius. Ich steck mir gleich eine an.

Vergnüglicher Blick, ein Kopfschütteln. Er wendet sich von einem Teller zum anderen, dann wieder zurück. Er geht gründlich vor, zerteilt hier eine Speckscheibe, dort ein Würstchen, kaut ordentlich, dann eine halbe Grilltomate, ein leises Glucksen, ein kleiner Dankesseufzer.

Blutwurst?, sagt John.

Und?

Das ist doch geronnenes Blut, sonst nichts.

Möchten Sie einen Bissen?

Ich? Ich bin Makrobiotiker.

Und das heißt, Sie essen was? Flöhe?

Rasiermessergesicht kommt, um sich an den Rändern des Zimmers zu schaffen zu machen, wischt Staub, räumt auf, aber eigentlich will sie nur einen besseren Blick auf Cornelius haben, seinen massigen, attraktiven Stierkopf: Wir befinden uns im Beisein einer Legende.

Was meine Lage angeht, Cornelius.

Ja?

Ich kann im Moment keinen Zirkus gebrauchen. Das Wichtigste ist, dass kein Mensch erfährt, dass ich hier draußen bin.

Cornelius füllt sich den Becher aus einer silbernen Kanne und lässt den Blick durchs Zimmer wandern.

John, sagt er, die Hälfte aller Zeitungsleute aus Dublin hockt im Zug nach Westport.

Ach, verdammte Scheiße!

Aber noch geben wir uns nicht geschlagen. Der Zug kommt erst in einer Stunde an. Wir zeigen denen, was eine Harke ist.

Im Sitzen ist er größer als im Stehen. Kurzbeinig, gedrungen, der Kopf rollt keck mit jedem Schritt, und Cornelius wirft Rasiermessergesicht einen Handkuss zu – sie flattert so aufgeregt, als wäre er ein sexy Heiliger.

Ich will nur auf meine Insel.

Welche ist denn Ihre?

Sie heißt Dorinish.

Man spricht es Dörn-isch aus.

Kennen Sie die?

Es gibt Karten, aber von denen halt ich nicht viel. Warten Sie an der Hintertür auf mich, ich wende inzwischen den Lieferwagen.

Den Lieferwagen?

Genau.

Was ist mit unserem Mercedes passiert?

Das war nicht meiner, John.

Und wohin fahren wir jetzt?

Cornelius stößt einen Seufzer aus und sieht seinen blassen Schutzbefohlenen so bekümmert an, als wäre der ein verletztes Vögelchen. Er zeigt mit dem Daumen über die Schulter.

Nach Westen, sagt er.

Der Lieferwagen ist ein Knochenrüttler, ein Würfelbecher auf Rädern, verrostet und schwach auf der Brust, und er gibt ein Todeskreischen von sich, wann immer Cornelius mit dem Motor bremst, um plötzliche Kurven und magenverrenkendes Gefälle zu nehmen: Sieh nur, wie sich tief unten das Land ausbreitet. Nebel liegt auf den Hügeln; er kann sehen, wie die strähnigen Schwaden nach Felsen und granitenen Gipfeln greifen, und Cornelius' blaue Augen glühen im mörderischen Brand – so ausgelassen – und John ist endlich auf dem Weg, und er liebt es, auch wenn er kurz eine traurige Phase hat, wegen zu Hause, aber nur knapp eine halbe Meile weit – dann geht sie vorbei – und der Wagen kreischt und bellt, und er stinkt nach dem Fisch vom vorletzten Montag: John schlingert der Magen, seine Seele stöhnt. Er steckt sich die nächste Zigarette an, eine üble Gitane.

An einem Tag hol ich Makrelen, sagt Cornelius. Am nächsten werden Schafe entwurmt. Und den Tag drauf? Spiel ich Chauffeur. Erst letzten Donnerstag hab ich das Grab für einen Mann geschaufelt, den ein plötzlicher Schlaganfall dahingerafft hat ... Zweiundsechzig, dabei wollte er nur ein bisschen fernsehen. Gott hab ihn selig.

Vor einer unübersichtlichen Kurve beschleunigt Cornelius. Und dann legt er noch einen Zahn zu, um es aus der Kurve zu schaffen. Er hört voll aufgedreht grottige Country-Musik, nur näselnder Schwof und Heul-den-Mond-an-Gejammer, und das mit erbärmlichen, überdrehten, schluchzenden Kartoffelirenstimmen.

John beäugt den Schisser mit mörderischem Blick –

Cornelius?

– aber den schert das nicht.

Er hämmert auf den Eject-Knopf, die Kassette springt raus; Cornelius hämmert sie wieder rein.

Ray Lynam, sagt er. Das nenn ich einen verdammt großartigen Sänger.

Halt die Hunde in Schach. Das ist das Allerwichtigste. Halt die hechelnde Meute in Schach und bring mich zu meiner verdammten Insel. Sein neuer Freund lenkt den Wagen und pfeift dabei gut gelaunt vor sich hin.

Cornelius?

Ja, John?

Ihnen ist schon klar, wie verdammt wichtig es ist, dass kein Mensch weiß, dass ich hier draußen bin?

Aber sicher.

Könnte nämlich alles ruinieren, Cornelius. Könnte den ganzen verdammten Sinn der Sache zunichtemachen.

Verstehe, John. Nur hab ich so ein Gefühl, dass uns die Wichser dicht auf den Fersen sind.

Woran merken Sie das?

Daran, wie die Luft um uns herum dicker wird.

Sein Blick schießt zum Rückspiegel, zu den Seitenspiegeln.

Verstehen Sie, was ich meine?

Ich habe nicht die leiseste Ahnung.

Der Boden kann in dieser Gegend ziemlich dünn werden, John.

Dünn?

Soll heißen, man muss einfach nur die Lauscher aufstellen.

Der Lieferwagen rauscht in den Nebel. Cornelius trommelt im Takt zur Musik aufs Lenkrad. John ist die Gesellschaft von Männern nicht mehr gewöhnt. Dieser Moschusgeruch, die Albereien, die Konkurrenz. Schiefergrau zu Meeresgrün, die Hügel laufen aus. Sogar Melancholie kann funkeln wie ein Juwel – wenn etwa Regenglanz den Fels schwärzt –, und Cornelius lenkt unbekümmert, und er klopft mit dem Daumen den Takt, und er dreht sich frohgemut um –

Sagen Sie mir eins, John.

Ja?

Warum wollen Sie unbedingt auf diese kleine Insel?

Weil ich so verdammt einsam sein will, dass ich verdammt noch mal sterben möchte.

Cornelius zuckt zusammen und braucht eine Weile, um das zu verdauen, aber irgendwann nickt er es ab – ist schließlich zufrieden.

Verstehe, sagt er.

Die blaufahlen Hügel. Der verschleiernde Nebel.

Genau das will ich, sagt John.

Er klingt jetzt ganz geschäftsmäßig –

Wie steht's mit einem Boot und Vorräten?

Sehe ich wie ein verschissener Boy-Scout aus, John?

Das Band hängt, der Country-Song bricht auf hoher Note ab, mitten im Gejodel; Cornelius wirft die Kassette aus und rammt eine neue rein; ein düsterer Blick seewärts.

Ich bezweifle, dass wir bei dem da rausfahren.

Zu kabbelig?

Er pfeift durch die Nase, zieht zischend Luft durch die Zähne.

Wir halten Sie versteckt, bis die Pressemeute wieder abzieht, John. Wir sitzen die Attacke aus.

Ich hab nicht das ganze verfluchte Jahr Zeit.

Die kennen keine Geduld. Wenn sie in ein, zwei Tagen keine Spur von Ihnen haben, verschwinden sie wieder.

Dann bringen Sie mich einfach in ein anderes Hotel.

Hotels sind nicht so toll. Zu leicht, Sie in einem Hotel aufzuspüren. Was glauben Sie, wie die überhaupt erst von Ihnen Wind gekriegt haben?

Meinen Sie die Vettel in Newport?

Tja.

Scheißrasiermessergesicht!

Diese Frau hat zwei Männer auf demselben Friedhof begraben müssen, John. Ein bisschen Respekt wär da durchaus angebracht.

Er massiert seinen Nasenrücken – die delikate Stelle.

Also, wo soll ich hin, Cornelius?

Ich glaub, es wär das Beste, Sie kommen vorläufig mit zu mir nach Hause.

Super.

In einer Kurve steigt die Straße überraschend an, und ein silbernes Pferd in vollem Rossharnisch – mitsamt Scheuklappen – nimmt hoch über ihnen aus Luft- und Nebelstaub Gestalt an, stellt sich auf die Hinterbeine und stößt einen gewaltigen stummen Schrei aus – wirkt irgendwie spanisch – und die Zähne sind gelblich, spitz, schaumbefleckt, dann aber verflüchtigt es sich wieder, einfach so und genauso schnell, wie das Bild oder die Vision sich in diesem Moment und in tropfnasser Luft gebildet hatte.

Cornelius?

Ja, John?

Sie fahren himmelwärts. Es laufen kummervolle Songs über verlorene Lieben, einsames Mondlicht, selbst über gottverdammte tote Köter.

Die wird echt zum Problem.

Die wer?

Die Scheißmusik.

Cornelius hämmert auf die Eject-Taste, und die Kassette fliegt raus – er schleudert sie aufs Armaturenbrett.

Meinen scheißverdammten Dank auch.

Aber scheißverdammt gern doch.

Die Straße führt weiter hinauf – das Land fällt seitlich ab.

Die Strecke kennt der Wagen nun wirklich von allein, sagt Cornelius.

Eine Streetgang Schafe taucht auf – wie vom Regen pitschnasse Teddy Boys, die Haartollen nebelschlaff – und Cornelius haut auf die Hupe – Teddy Boys an einem trostlosen Samstag 1957 irgendwo im Norden Englands – und die Schafe spritzen in alle Richtungen davon, und John kann das Pink ihrer fetten Zungen sehen.

Hammelarmee, sagt er.

In einer Wolke fahren sie die Hügel hoch. Felsnasen ragen auf, Höcker zeigen sich. Dann eine Weile klares Blau, und zum ersten Mal kann er die ganze Clew Bay überblicken, kann die aberdutzend, aberhundert verstreut liegenden Inseln sehen.

Ist neun gottverdammte Jahre her ... Wie zum Teufel wollen wir meine Insel finden, Cornelius?

Mit größten Schwierigkeiten, John.

Die Bodenwellen lassen den Magen Rad schlagen. Seine Eier ziehen sich zusammen, tun weh. Er kurbelt das Fenster runter. Frische Luft.

Diese verdammte Nässe, sagt er.

Und seine Knochen erinnern sich an den Sefton Park in Kindertagen –

Nasser Pullover.

Lungeninfektion.

Irische See.

Die Straße steigt an. Sie sind wieder in den Wolken. Umkurven die Hügelhöcker – es ist die trostloseste Gegend auf Erden.

All das Land hier gehört den O'Gradys, sagt Cornelius. Nicht, dass man davon auch nur eine verschissene Ente ernähren könnte.

Der Hügel gibt den Blick auf ein altes Bauernhaus frei – baufällig, schlecht in Schuss, ein Geschwür am Berg. Behutsam bremst Cornelius ab; satte, tiefatmende Ruhe. Das Gebäude steht in vollem Einklang mit dem traurigen Hügel.

Verfluchte Hütte, sagt Cornelius.

Der Wind legt sich, und es ist totenstill –

Nichts rührt sich.

Nicht mal ein Vogel singt.

Vor mir hat das Haus meinem Vater gehört. Und wissen Sie was? Er hat sich da drin nicht mal rasiert.

Ach?

Hat auch nicht drin geschissen, John. Hätte er unanständig gefunden.

Gefühl umwallt Cornelius wie ein schwarzer Mantel –

Ach, mein armer, verstorbener Vater ...

Fast versagt ihm die Stimme.

Der Tod steht ihm gut, sagt er dann.

Er seufzt, beratschlagt sich mit seinem Bauch und wispert rasch ein Gebet.

Nachdem sie meinen Vater entworfen hatten, haben sie die verdammte Anleitung weggeworfen.

Stille; ein langsamer Pausenschlag.

Er wendet sich John zu und sieht ihn einen Moment lang aufmerksam an –

Könnten eigentlich auch mal eine Rasur gebrauchen, oder?

Ich glaub, das könnte ich.

Sehe ich richtig, dass Ihr Bart rötlich wird?

Kommt manchmal durch, ja. Bin ein Rotbart.

Mein herzliches Beileid, John.

Sie sitzen beide am Kamin. Es geht ein heftiger Wind, der seltsam im Schornstein rumort. Sein Herz rührt sich und macht sich wieder auf die Suche nach zu Hause. Mit einem missmutigen, einsamen Laut zieht die Luft durch die Hohlräume in Schornstein und Haus; das alte Gemäuer ächzt und atmet. Er sitzt in diesem pulsierenden Ding, dieser arbeitenden Lunge – wie zum Teufel ist er hergekommen?

Und warum? Cornelius dreht langsam die Daumen umeinander und betrachtet ihn.

Halten Sie sich eher für einen traurigen Menschen, John?

Er antwortet so wahrheitsgemäß, wie er kann –

Ehrlich gesagt, ich glaub, ich bin in meinem ganzen Leben nie glücklicher gewesen.

Aber was stimmt dann nicht mit Ihnen?

Ich schätze, ich habe Angst.

Angst wovor?

Dass mir bei so viel Glück das Hirn verrottet.

Cornelius grinst, streckt sich, steht auf.

Würden Sie vielleicht was essen wollen?

Wissen Sie, ich glaube, das würde ich.

Gut so.

Cornelius geht an den Schrank und fördert einen Ring Blutwurst zutage, dick wie ein fetter Babyarm.

Cornelius?

Doch er bewegt sich mit so behänder Grazie durch die Küche, dass es schwerfällt, was dagegen einzuwenden. Wie ein kleiner Bär auf Rollen bewegt er sich. Er stellt eine Pfanne auf den Herd. Gibt ein Stück Speck hinein. Das heiße Zischen vom Gebrutzel erfüllt das Zimmer. Er schneidet die Blutwurst und legt die Scheiben ins spritzende Fett.

Ihm beim Arbeiten zuzusehen lässt John irgendwie ruhiger werden. Der Geruch nach Blut und Rauch hängt in der Luft. Cornelius füllt den Kessel und setzt das Wasser auf. Er wirkt seltsam bemutternd in seinem Tun. Was oft auf Männer zutrifft, die allein leben. Er richtet alles sorgsam an, dreht die Wurstscheiben um, und John läuft unwillkürlich das Wasser im Mund zusammen.

Sie wissen, dass ich so was nicht esse?

Nie?

Seit scheißvielen Jahren nicht mehr.

Er lächelt, deckt fürsorglich den Tisch und legt das Essen auf die Teller, dazu einige dick geschnittene Scheiben Brot, mit Butter leicht bestrichen.

Das ist für Sie, sagt er.

Du meine Güte, sagt John.

Er isst. Die Würze, die mehlige Konsistenz, der animalische Duft – alles da in der Geschichte seines Mundes, und wieder ist er den Tränen verdammt nah. Der Tee ist stark und süß und schmeckt nach Liverpool.

Eigentlich kaum zu glauben, John, dass mein Vater bis zu seinem siebenundachtzigsten Jahr in diesem Haus gewohnt hat, oder?

Wie wird man in den nassen Hügeln von Mayo siebenundachtzig Jahre alt?

Er hat nicht getrunken und nicht geraucht.

Ich rühr das alles auch nicht mehr an.

Ich trinke, John. Ich rauche. Und ich vögle Frauen.

Ach?

Wenn sich die Gelegenheit bietet.

Langsam lässt Cornelius die Knöchel erst der einen, dann der anderen Hand knacken.

Aber wissen Sie, mein Vater war außerdem ein hochintelligenter Mann.

So was kann helfen.

Oh, und er war ein pfiffiger Mensch, John.

Verdammt, er war was?

Pfiffig.

Und was zum Teufel soll das heißen?

Er war einfach pfiffig, John.

Einfach was?

Er hatte so eine Gerissenheit.

Ach ... So was wie listig?

Genau.

Okay, jetzt verstehe ich. Aber erklären Sie mir doch bitte eins – wie kann ein verdammtes windiges Moor pfiffig sein?

Hä?

Wie kann ein verschissenes Moor pfiffig sein?

Ein pfiffiges …

Er singt es ihm mit Hexengekreisch vor –

Out on the … wiiley … windy moors …

Was versuchen Sie mir zu sagen, John?

Der verdammte Song? Von Kate Bush?

Kate Bush?

Cornelius schüttelt den Kopf.

Ich hab mal einen Martin Bush gekannt, sagt er.

Ach?

Wohnte Richtung Belmullet raus, ist aber schon lange tot, Gott hab ihn selig, den armen Martin.

Verwandt?

Mit wem?

Der verdammten Kate Bush?

Kenn keine Kate. Könnte sie seine Schwester sein?

Durchaus möglich.

Nein … ich kannte nur einen Martin.

Und? War der pfiffig?

Wenn er eins war, John, dann nicht pfiffig.

Ach?

Der arme Martin war ein übermäßig dummer Mensch. Konnte sich kaum selbst die Schuhe binden.

Eine Meise unterm Pony?

Jetzt, wo Sie's sagen. Martin hielt Tiere, die klüger waren als er.

Was denn für Tiere?

Er hielt Schafe. Auch ein paar Kühe, glaub ich. Allerdings dürfte denen da oben der Wind ziemlich zu schaffen gemacht haben.

Zu schaffen gemacht ...?

Sie haben gelitten. Unterm Wind. So wie der das Vieh eben kirre macht.

Kirre?

Cornelius senkt die kummervoll blickenden Augen.

Im Kopf.

Sie meinen, die Kühe sind durchgedreht?

Cornelius reckt das Kinn.

Ist Ihnen klar, dass Sie mit einem Mann reden, der gesehen hat, wie eine Kuh vor ein fahrendes Auto lief? Absichtlich.

Und das weil?

Weil der Wind aus Osten wehte. So was kann jede Kuh unrettbar in Verzweiflung stürzen. Allein vom Ton her, John, diesem durchweg bösen Ton. Und wie so ein Ostwind auf unheilvolle Weise übers Land fegt. Manchmal zwei Wochen lang, kann durchaus passieren. An Schlaf ist da nicht mehr zu denken, und es rast einem ein grässliches schwarzes Gefühl durch die verdammten Adern. Tag und Nacht. Alle möglichen Gedanken an Tod und Hoffnungslosigkeit. Die hat der Ostwind im Gepäck. Weder Mensch noch Tier ist danach noch normal.

John schiebt den Teller zurück, schlürft den letzten Schluck Tee und wickelt gedankenverloren die Rinde der Blutwurst um die mattsilbernen Zinken seiner Gabel.

Cornelius?

Ja, John?

Lebe ich? Oder träume ich?

Kräftig schlägt er einmal mit der Gabelkante an den Tisch – ein klarer Ton.

Er läuft auf dem O'Grady-Hof im Kreis. Wieder ist er extrem angespannt. Sein verdammter Knastgang. Er kreiselt und dreht seine Runden wie eine aufgebrachte Gans. Energie war schon immer sein Problem. Das Übermaß davon. Würde er mit den Fingern schnippen, könnte er Feuertropfen verschleudern. Ein neurotischer Fuß vor den anderen, noch eine Runde – so bleibt er in Bewegung. Er hinkt und stolpert – nicht gerade ein Harlemer Gleitgang auf Kubaabsätzen – und ihm tun die Knochen weh; über ihm ist der Himmel grau, der Wind schiebt Wolken über trostlose Hügel und abfallende Felder. Trunken wandern Steinmauern in unausdenklichen Eskapaden über die Hügel. All das durchbohrt von Anspannung und Furcht. Es ist das Land des alten Blutes, und die Luft ist sexy.

Die sexy Lüfte des Sommers.

Von wem war das? Woraus? In komplizierten Winkeln ziehen die grauen Schafe über die Hügel. Sie treiben so unvorhersehbar dahin wie seine eigenen düsteren, glamourösen Gedanken. Die Vergangenheit gehört auch dazu, und erneut stellt er sich die volle Dröhnung von (sagen wir) Heroin vor. Wie mag sich das anfühlen, John? Wieder in diesen Traum zu fallen – wieder in den Armen des Körpers zu sein, der «Soft Machine» – wieder zurück in dieser tieferen Ruhe, dem tieferen Raum. Morpheus, der Traum. Lärm war schon immer sein verdammtes Problem. Das Übermaß davon. Der Wind schleckt jede Ecke des Hofes aus – grünen Pfeilen gleich schnellen Aiolos' Zungen vor, eidechsenflink. Sexy Lüfte. War das nicht von Auden? Und der Wind redet auch, in drängendem Flüsterton. Neuigkeiten von weither? Oder von nahebei? Er schüttelt im Gehen den Kopf, dreht seine Runden, und aus den Augenwinkeln bemerkt er Cornelius, der in der Tür steht, an die Zarge gelehnt, die Augen geweitet vor Zufriedenheit. Die Arme verschränkt. Der Stierkopf gesenkt. Die Miene höchst interessiert.

John?

Ja, Cornelius?

Wissen Sie, was ich mich manchmal frage?

Was denn?

Ob ich nicht zur Hälfte ein Schwarzer bin.

Im dezenten Vollgefühl seiner Bedeutung trägt Cornelius zwei Rasierschüsseln und zwei Rasierer herbei. Sie steigen zu einem in die Felsen gebauten Wellblechstall hinauf. Dem Klohäuschen fehlt eine Tür, und John kann, während der Himmel die Wolken verschiebt und die Sonne sich blicken lässt, aufs Land hinabsehen, wie bedröhnt im plötzlichen Glanz. Die Felder erleuchtet und erhebend. Es ist die Stunde der Rasur, Zeit für ein philosophisches Zwischenspiel.

Ein Schwarzer, Cornelius?

Verdammt richtig.

Ich dachte, ich schau genau da hin, wo Sie herkommen.

Cornelius dreht das Kinn und zuckt kurz mit dem Kopf.

Ich meine, wenn wir nur weit genug zurückgehen, sagt er. Ich meine, in den Süden.

Er spült den Rasierer ab und schüttelt ihn trocken. Klopft sich auf die Wangen, um wieder etwas Farbe ins Gesicht zu bekommen. Das Blut strömt mit Macht zurück und belebt sein stattliches Antlitz. Er lehnt am Fels und schaut hinaus in den auffrischenden Tag, als wäre der kaum groß genug für ihn.

Ich rede über Kerle auf Booten, fährt er fort. Ich rede über die Zeit meines Ur-Ur-Ur-Ur-Urgroßvaters.

Da komm ich nicht mehr mit.

Weiß nicht, aber vielleicht über die Zeit so um 1400?

Als spräche er vom vergangenen Mittwoch.

Sie wollen sagen, da könnte es einen dunkelhäutigen Matrosen gegeben haben?

Jetzt verstehen Sie mich.

Hören Sie von damals wispernde Stimmen, Cornelius?

Kann schon vorkommen. Ja.

Aus dem alten Leben, meinen Sie?

Aus dem Arsch der Zeit, sagt er und gestikuliert großspurig mit herrischer Pranke.

Und was hören Sie da?

Ich denke, er kam mit einem portugiesischen Segler.

Eine alte Teerjacke also mit einem Affen auf der Schulter. Und was sehen Sie?

Jetzt wird es richtig gut. Ich seh ein winziges Fenster, tief eingelassen in eine dicke Steinmauer.

Und?

Mit vier tief in die Wand versenkten Eisenstangen.

War also in einer heiklen Lage, wie?

Könnte man so sagen, John, ja.

Um was ging es?

Um nichts verdammt Gutes. Pferde, keine Frage. Und irgendwie auch um ein unscheinbares Mädchen, aber willig und mit grünen Augen.

Ruhig rasiert John sich weiter. Das abgeschabte Kinn fühlt sich kühl an, normal, und der Nachmittag ist ruhig und hell, zumindest eine Weile. Cornelius betrachtet ihn aufmerksam, einen geduldigen, geruhsamen Moment lang –

Sie haben diese längliche Nase, sagt er. Wie eine ganz bestimmte Hunderasse, auf deren Namen ich grad nicht komme.

Manchmal, in der ölig schwarzen Panik der Nacht, wenn die Stadt verstörende Träume über ihre Türme und grausigen Gemächer schickte –

Die Gestalten der Nacht im Park

sich duckende, dunkle Bäume

kauern sich so angespannt, und

gleich schnellen diese Kreaturen vor

– dann reiste er in Gedanken zur Insel, und er beruhigte sich, wenn er seine müden Knochen eine Weile auf die Felsen legte, wenn er rundherum das Wasser strömen und den Himmel seine kalten Sterne – seine kalten, kalten Juwelen – herabhängen ließ.

Cornelius?

Ja, John?

Ich will auf meine verdammte Insel.

Weiß ich doch, John.

Ich will ein Scheißboot und ein Zelt und ein paar Vorräte, und ich will zu meiner verfickten Insel gefahren werden, und dann will ich, dass Sie sich für drei verdammte Tage verpissen. Scheiße, ich meine, mehr verlange ich gar nicht! Drei Scheißtage und die scheißverdammt allein!

Wenn wir jetzt aufbrächen, würde doch nur eine Pantomime draus. Die Presseleute?

Paranoia suppt in schwarzen Tropfen von seinen Fingerspitzen – der Tag legt seine Nerven blank.

Er hat Angst, ihm ist schwindlig, und wieder entgleitet ihm die Wirklichkeit. Die Maienzeit geht wie mit Rasierklingen auf ihn los.

Sie qualmen wie ein Schlot, John.

Der Abend schleicht sich ans Fenster, spöttelt ins Wohnzimmer. John raucht, und er trinkt einen Becher starken Tee.

Könnte ein Ei Sie verlocken, John?

Wissen Sie, ich glaub, das könnte es.

Er isst ein gekochtes Ei mit Toaststreifen und fühlt sich gleich wieder soldatisch tapfer. Es ist ein Entenei, jungfernblau. Er singt ein bisschen, irgendwas mit einem Jodler mittendrin, einem entenwatschelnden Triller.

Wie schön, sagt Cornelius.

John löffelt sein Ei auf – jungfernblau? – und schlürft seinen Tee. Ihm ist, als wäre er in ein Altersheim gezogen. Und das gerade noch rechtzeitig.

Cornelius läuft schwerfällig auf dem Steinboden hin und her, aber jetzt hält er plötzlich inne.

Was sagt die Uhr, John?

Hab keine.

Riskieren wir's einfach.

Sie setzen sich vor den Fernseher – schwarzweiß, winzig, ein Kleiderhaken als Antenne – und sie schalten genau zum richtigen Zeitpunkt ein – Cornelius dreht den Apparat, bis er präzise auf die Sterne ausgerichtet ist – denn die Musik fängt schon an, und Cornelius nickt zufrieden.

Die Muppets, sagt er.

Wissen Sie, dass die mich mal haben wollten?

Wer, John?

Die Muppets.

Ach.

Scheißdreimal haben sie's versucht.

Cornelius grinst.

Okay, sagt er.

Nein, ehrlich.

Verstehe.

Ganz ohne Scheiß!

Cornelius denkt kurz drüber nach und zuckt die Achseln.

Ich glaub, vorletzte Woche hatten sie Elton John.

Wen wundert's?

Er war super, John.

Fanden Sie? Jetzt mal ehrlich?

Fand ich.

Sachen gibt's.

Und? Gehen Sie hin, John?

Auf keinen Fall.

Warum nicht?

Ist mir verdammt zu schräg. Außerdem, rein technisch gesehen bin ich im Ruhestand, Cornelius.

Hä?

Ich geb ja nur ungern den Miesmacher, aber das ist mir zu primitiv. Man muss da bei allem mitspielen. Muss mit dieser Scheißmiss Piggy den Hokey Cokey singen. Und dann die Blödeleien mit dem Frosch. Ehrlich, Cornelius, für so was bin ich dieser Tage irgendwie nicht in Stimmung.

Ich finde, Sie sollten hin, John.

Wirklich?

Kann doch nichts schaden.

Na ja …

Könnte Sie von sich selbst ablenken, John.

Schätze, das könnte es.

Wie ein müder Nachbar schleppt sich die Nacht über die Hügel, peinvoll und bedächtig, ein lahmer Fuß nach dem anderen, und er – selbst schlaff – schlurft ins Zimmer des toten Vaters. Seltsam gedämpftes Gefühl in diesem Zimmer, seine Affenfüße lassen die Dielen ächzen. Als er unter die eiskalte Decke schlüpft, hängen noch Streifen grauen Lichts in den Netzen der Maienzeit. Er zieht den Vorhang vor Himmel und Welt. Da draußen ist zudem das Meer und rauscht – er kann es hören, während sein Kopf ins Kissen sinkt, und wieder sehnt er sich nach Liebe und Zuhause. Sofort fällt er in einen tiefen, unruhigen Schlaf.

Warum fliehe ich nur, wie ich fliehe?

Er erwacht in unbekannter Dunkelheit. Ein Traum hat ihn verstört. Dessen Schatten bleiben noch kurz, verblassen dann aber sofort. Langsam kommt er zu sich, als tauchte er aus dunklem Wasser auf. Er ist im Zimmer des toten Vaters. Okay. Da steht ein Schrank voll alter Anzüge. Steht da wie eine Anschuldigung. Ganz vierschrötig und korpulent. Als wollte er sagen, früher wurde hier noch richtig gelebt. Nach Strich und Faden. Er fühlt sich so kleinlaut in seiner Gegenwart. Richtet sich im Bett auf. Der Wind schwillt an und bläst erneut durchs Haus. Er steht auf, öffnet den Vorhang und blickt hinaus in die Nacht. Sie ist so klar, und alle Sterne sind zu sehen. Er schaut zum Himmel hoch, wie er vom Berg her abfällt, Nachtbläue und Diesel, schlicht ungeheuerlich für einen Mann in T-Shirt und Shorts um vier Uhr früh. Ach, aber dieser verdammte Schrank. Der Schrank ist eine Präsenz im Zimmer.

Hab keine Angst, John.

Er geht zum Schrank. Fährt mit der Hand über die Anzüge. Ihn überläuft ein Schaudern. Er nimmt einen heraus. Sehr alt und schwer. Ein Wort formt sich in seinem Mund – Kammgarn. Ein altmodisches Wort – zwei bedächtige Bauernsilben. *Kamm-garn*. Bauern aus dem Westen. Kiesel im Mund. *Komm-gorn*. Silberblau schimmert der Stoff in der Nacht. Der Anzug sieht aus, als könnte er passen, ungefähr jedenfalls.

Der Tod steht ihm gut, sagt er und fährt mit einem Arm in den Ärmel. Er streift sich den anderen über – sitzt perfekt. Er zieht die Hose an, und auch die passt wie angegossen. Versuchsweise sagt er etwas im Flüsterton, dann –

Na?

Er ist oben in den Hügeln. Er hat einen schwarzen Collie mit Augenklappe. Er hat einen großartigen knotigen Schwarzdornstock. Der Hund läuft am Rand der Weide, die zu den Steinmauern und zum Meer hin abfällt. Er pfeift ihn zu sich. Hört ihn durchs hohe, feuchte Gras laufen. Die Bucht da unten liegt so still. Er zieht die Schranktür auf, besieht sich im Spiegel, im dunkelfleckigen Silber, und er steht davor und ruft –

Darkie! Bei Fuß, Darkie!

Cornelius taucht in der Zimmertür auf, blass wie von den Toten auferstanden.

John?

Ja, Cornelius?

Woher wissen Sie, wie sein Hund hieß?

Hören Sie. Ist doch nichts weiter dabei, John. Es ist eine halbe Stunde nach Mitternacht, und die Uhr lügt nicht. Der Schlaf ist Geschichte, können wir vergessen. Sie haben das ganze Haus geweckt. Wir müssen für eine Weile raus. Ist nichts weiter dabei. Wir gehen los, kippen ein paar Gläschen und versuchen, wieder zur Ruhe zu kommen.

Nachts um halb eins?

Da geht's oben im Highwood erst richtig los, John.

Oben im Scheißwo?

TEIL ZWEI

Lady Narcosis (sinnliche Country-Musik)

Im Highwood gibt's heute Abend Livemusik, John. Da spielen alle möglichen Leute. Wir müssen ins Highwood heute Abend, John. Saugen wir die Musik auf, die Luft unter den kalten Sternen.

Und Cornelius hat den Mond heruntergeholt – oder etwa nicht? –, mit leuchtenden Augen und schwindelerregendem Mundwerk, und wie er das Lenkrad hält, zart wie der Frühling, hier ein leichtes Tippen, dort ein flüchtiges Tappen für jede Biegung der Straße, die durchs Land läuft und kurvt.

Ja, das ist wirklich eine Gabe – John sieht es jetzt deutlich –, dieses sorgenfreie Leben, und er neidet ihm den Frühling.

Ehe wir uns versehen, John? Ist der Sommer da und in den Wäldern ein Flüstern.

Scheiß auf flüsternde Wälder, Cornelius. Bringen Sie mich einfach auf meine verdammte Insel.

Doch wieder ist er gefangen, windet sich hilflos.

Wie haben Sie das mit den Wäldern gemeint?

Cornelius strahlt –

Es gibt Dinge, die können wir nicht beschreiben, sagt er.

Zum Beispiel?

Das, was wir um uns rum wahrnehmen, sind nur zehn Prozent, John.

Von was?

Der Realität.

Und der Rest?

Unsichtbar.

Wie meinen Sie das?

Na ja, sagt er. Manchmal laufen Sie über eine Weide, und plötzlich überkommt Sie so eine Art Hochgefühl. Kennen Sie das?

Weiß nicht ...

Sie sind halb aus dem Häuschen, die Füße schweben über die Steine. Vor lauter verdammter Freude möchte Ihnen das kleine Herz aus der Brust hüpfen. Und wissen Sie, was das Seltsamste daran ist?

Nur weiter.

Dieser Hort des Glücks geistert vielleicht schon seit zehn Jahren über die Weide. Oder auch seit dreihundertfünfzig Jahren. Wegen der Liebe, die dort erlebt wurde, oder einem Kind, das da gespielt hat, oder einem lang verlorenen alten

Freund, den man dort wiederfand. Was es auch war, es sorgte für ein großes Glücksgefühl, und das blieb dort zurück. In das ist man reingelaufen. Eine halbe Minute lang fühlt man sich unbeschwert, himmelhochjauchzend, aber dann ist man durch und zurück bei seinen Sorgen, in seinem armseligen Leben.

Kann man so auch Trauer finden?

Auch das Böse, John. Oder das Dunkel. Oder den Schrecken, John, auch den verdammten Schrecken, davon gibt es nämlich jede Menge auf der Welt. War schon immer so, wird auch immer so sein.

Ein leises Flüstern –

Ich meine, sehen Sie doch aus dem Fenster.

Mit weiter Geste deutet er auf das Grau und Meeresgrün der mondvollen Hügel, auf die fahle Nacht, durch die sie fahren –

Ich meine, was glauben Sie, weshalb ich so aufs verschissene Gas trete, John?

In der Dunkelheit eines sich jäh auftuenden Tals hält der Lieferwagen. Gefügig stirbt der Motor. Cornelius spricht ein heikles Thema an –

Der Anzug steht Ihnen. Ich will aber noch mal betonen, dass ich gegen die Turnschuhe bin. Und hier …

Er hält ihm eine Dose Haarcreme hin.

Eine Tatzevoll von diesem Gentleman, John.

Er gelt sich das Haar. Prüft sein Aussehen im Rückspiegel. Steckt sich eine Kippe in den Mundwinkel, damit aus seinem Gesicht eine Gaunervisage wird, eine Nylonhändlerfresse – er hat ein Zweiter-Weltkriegs-Gesicht.

Nehmen Sie die Brille ab, John. Danke. Und würden Sie sich mir zuliebe jetzt mal dieses Prachtstück aufsetzen?

Teufel auch.

Die Kassenbrille meines armen verstorbenen Vaters. Der bedauerliche Mann konnte die meiste Zeit nicht die eigene Hand vor Augen oder den Teller vor seiner Nase sehen.

Die Gläser sind so dick, dass die Welt zu Schlieren und vagen Formen verschwimmt. Alles wirkt abstrakt. John steigt aus dem Lieferwagen. Er steht nahe an fließendem Wasser. Es ist eine warme Nacht in der Maienzeit. Das dunkle Wasser plätschert. Er sieht über den Brillenrand und prüft sein Aussehen im Wagenfenster. Cornelius steigt ebenfalls aus, um ihn zu begutachten, und muss gleich einen Schluchzer unterdrücken.

John?

Ja, Cornelius?

Wie ein verschissenes Ei dem anderen.

Sie heißen Kenneth.

Kenneth?

Sind aus England zurück nach Hause gekommen. Ein Vetter erstes Grades väterlicherseits. Und Sie reden nicht viel.

Ach?

Ein schrecklicher Sprachfehler.

Und was m-m-macht Kenneth in England so?

Er arbeitet in einer Autofirma in Coventry, ist mit Monica verheiratet, und samstags spielt er Fußballtoto.

Hören Sie, John. Wir haben doch alle Angst. Ist kein Geheimnis. Wer keine Angst hat, mit dem stimmt was nicht. Die Welt ist ein riesiger, verdammt unsicherer Ort. Die Dinge können so oder so laufen, und das in jedem Moment. Steigt man morgens aus dem Bett, gibt es keine Garantie, dass man sich abends wieder reinlegt. Das Leben ist nur ein Spielball der Lüfte und kann sich in jede Richtung entwickeln. Wir haben alle Angst, zumindest die meiste Zeit. Also worauf kommt's an? Letzten Endes? Wenn wir doch alle Angst haben und alles in der Hölle endet, im Elend, mit dem scheißverdammten Tod? Ich sag Ihnen, worauf es ankommt. Dass man Haltung bewahrt, darauf kommt es verdammt noch mal an. Dass man sich aufrecht hält, die Schultern gerade. Darauf kommt es an. Ist das Kinn stolz gereckt oder hängt es schlaff auf der Brust wie bei einem verschreckten kleinen Welpen? So was ist scheißwichtig, John. Ist nur ein Spiel. Wir haben keine Kontrolle. Wir haben keine Hoffnung. Kein Gebet kann uns vor irgendwas schützen. Also straffen Sie die Schultern. Kämmen Sie sich. Putzen Sie die Schuhe. Lassen Sie keine noch so unscheinbare Frau ohne ein Kompliment vorübergehen. Die Augen geradeaus, ein nüchterner Blick aus den Augenhöhlen. Schauen Sie der Welt ins Gesicht und bieten Sie dem Schisser Paroli. Und hören Sie zu, John, immer. Lauschen Sie auf das, was um Sie herum geschieht.

Cornelius?

Ja, John?

Wann haben Sie mich eigentlich adoptiert?

Das scheue Lächeln, in den Augen liebevolle Zuneigung –

Bin mir nicht sicher, wann genau das war.

Der Lieferwagen parkt an der Straße. Der schlaksige John in der Telefonzelle, nichts als Arme und Beine. Er muss sich allerhand anhören. Cornelius reicht mal fünf Pence, mal zehn Pence in die Zelle – John steckt das Geld in den Apparat, als wären es Gebetsmünzen.

Über das Meer fliegen die Signale und ihre Stimmen.

Nach einer Weile schüttelt Cornelius den Kopf und macht ihm ein Zeichen, fährt sich mit der Handkante über den Hals.

Denn manchmal, John, muss sich der Mensch um Dinge kümmern, die unmittelbar anstehen.

Der Boden unter ihren Füßen fühlt sich ausgehöhlt an und tief.

Wie eine Knospe kurz vor dem Aufbrechen ist die Jahreszeit, als wäre es genau diese Nacht, in der dem Frühling der Sommer folgt, als wäre auf himmlischen Beschluss hin alles im Vorhinein arrangiert und die Welt würde gleich ihre Tore öffnen und ihre Momente auffächern.

Für ihn wird es eine geruhsame Nacht. Die Welt zieht langsam an ihren Ketten dahin. Autoscheinwerfer werfen ihre Leuchtspuren über den Berg – nur allmählich kommt ihr Licht näher. Ein Windhauch rührt leise am Laub der Bäume und Hecken. Von überallher strömen Menschen zum Highwood. Ihre Lampen bohren Tunnel ins Dunkel.

Der Himmel verbirgt sich diskret und sternlos hinter Wolken, und der Lieferwagen fährt zügig bergan. Um die Stimmung zu heben, schiebt Cornelius eine Kassette ein – eine herzerweichende Stimme singt Gefühle aus dem Nichts herbei und verjodelt sie grauenhaft.

Cornelius?

Ray Lynam, John. Also das nenn ich einen verdammten Sänger. Wie der den Ton hält? Als wär nichts dabei. Einfach klasse.

Sie lassen die schwere Luft der See hinter sich. Sind auf dem Weg ins Highwood, das irgendwo verloren in den Hügeln liegt.

Das Schlimmste, was einem widerfahren kann, John, ist eine ereignislose Nacht, deshalb sollte man seine Nächte immer füllen.

Er schraubt den Verschluss von einer Flasche Powers und reicht sie ihm.

Ein Blick, ein Tippen ans Lenkrad, die Straße dreht sich; John nimmt einen herzhaften Schluck.

Hier, sagt Cornelius und tappt ans Lenkrad.

Und die Scheinwerfer bringen den behauenen Fels ans Licht, die Klüfte zwischen den Hügeln und die großen Farne, die verschwommen im leichten Wind wedeln, und der Wind hier oben enthält tausend Stimmen, hält sie gefangen.

Was haben Sie jetzt für Gefühle?

Fragen Sie lieber nicht, John.

Eher von der düsteren Sorte?

Sie könnten einen verleiten, sich unter fließendem Wasser die Pulsadern aufzuschneiden.

Ach?

In dieser Gegend war noch nie einer ganz richtig im Kopf.

Also geht's nicht nur mir so.

Der Wagen fährt zügig aufwärts.

Es gibt immer einen, der noch schlechter dran ist als man selbst, John. Das ist das große Glück im Leben, an das man sich stets erinnern sollte.

Empathie – ach, schenk mir nur den einen Song.

Das Highwood, endlich kommen sie an. Es steht am Ufer eines Sees. Es liegt auf einem Plateau. Es wird von graufüßigen, sinistren Skinhead-Krähen bewacht. Es ist umstanden von großen Kiefern. Es gibt hier Geister, doch sind es seine eigenen und keine düsteren Gestalten. Drum herum verstreut liegen wie verlegte Gebisse ein paar Häuser, die aber keine Fragen aufwerfen. Der Pub ist ein langgezogener Flachbau ohne Reklame, ohne Schild. Drinnen strahlen Reihen grellbunter Lichterketten. Dringend reparaturbedürftige Autos stehen rund um den Pub, eher aufgegeben als geparkt. Der Lieferwagen wird ihnen Gesellschaft leisten. Aus dem Innern dringt ein Schwall grauenhafter Musik.

Nachts? Um Viertel nach eins?

Wird bald noch voller werden, John.

Schrille Geigen, Irrsinn und eine Flöte machen Musik.

Auch eine Meute Säufer ergießt sich aus dem Pub. Die Leute sehen aus, als könnten sie ziemlich schwierig sein. Nichts als Ellbogen und Anschuldigungen. Zufrieden stellt Cornelius den Motor ab und seufzt. Gehen Sie denen aus dem Weg, John, und Sie werden merken, dass dies ein sehr diskretes Haus ist.

Die Säufer wirken verwandt oder doch wie vom selben Stamm, allgemein eher schlaksig, langgliedrig. Die Augen dunkel, tiefliegend, undurchdringlich. Die Füße neigen dazu, weit auseinander auf den Boden gepflanzt zu werden, so wie es Revolverhelden tun oder Schafscherer.

Das sind anständige Leute, John. Liebenswerte, warmherzige, unbescholtene Leute. Die interessieren sich so wenig wie die Mauern dieses Hauses für irgendwelche armen Affen aus irgendwelchen Bands.

Durch Seeluft und Zeit nähern sie sich der üblen Spelunke. Gebückt treten sie durch einen niedrigen Eingang in Dämmerlicht voller Stimmengestöhn –

Wie ich höre, haben Sie eine hübsche kleine Kehle, Kenneth? Wann wollen Sie endlich Gebrauch davon machen?

Er trinkt etwas Whiskey und lacht, und dann trinkt er noch ein bisschen mehr. Er nimmt ein großes Glas Stout in die Hand. Nippt an einem Brandy. Die Welt verschwimmt zu Schlieren und vagen Formen. Münder reden auf ihn ein. Augen rücken näher. Nachtfarben verschleiern Blicke. Er redet mit einem jungen Mann, der aussieht wie ein alter Mann und behauptet, Arzt zu sein.

Doktor Carl O'Connor, sagt er ziemlich wichtigtuerisch beim festen, ordentlichen Händedruck.

Unser Problem hier, flüstert er, und ich spreche aus bitterer Erfahrung, Kenneth, ist die Kante. Ich meine, nehmen Sie die Kontinentaleuropäer. Die genießen bei angenehmer Unterhaltung ein Glas Wein zum Essen und verbringen den Rest des Abends zufrieden daheim. Dem Iren aber ist das Konzept der Kante vertraut. Können Sie mir folgen?

Nicht so ganz.

Der Ire genehmigt sich ein Glas Wein zum Abendessen, und alles ist bestens, dann aber sagt er sich, ach, verdammt, was soll's, scheiß drauf. O allmächtiger Jesus Christus! Ich geb mir jetzt die verdammte Kante! Und das war's für den Rest des Abends, Kenneth. Der Mann ist hinüber.

Sie meinen, es gibt keinen *Aus*schalter?

Genau.

Die Nacht zerfasert und schließt sich über ihm.

Da ist ein klotziger Kerl mit einer Stimme wie Kies in einer Bohnendose, und er hat nur noch ein Ohr.

Was ist mit dem anderen passiert?

Hat sich ein Dachs geholt, Ken.

Ach?

Die eigene Mutter hat mich aus dem Haus geworfen, von wegen dem Saufen und mit der falschen Beschuldigung, ich hätt eines Abends, als sie schon im Bett war, in den Kamin gewichst. Und eine andere Bleibe hatt ich nicht. Das ging dann über fünf Monate. Von Mai bis September.

Klingt wie eine Romanze.

War aber keine, Ken. Ich hab in Schuppen gepennt. Hab auf dem Parkplatz vom Regional Hospital gepennt. Hab Rachitis gekriegt und davon dann ein Magengeschwür. Konnte nichts Stärkeres als Milch bei mir behalten.

Geht dir offenbar aber wieder besser.

Tja, wart's ab. Wie ich mein Ohr verloren hab, das hat mein ganzes Leben auf wundersame Weise umgekrempelt. Du könntest jetzt glauben, da war der Suff im Spiel, stimmt aber nicht. Im Spiel war die verdammte Tollwut. In der Nacht, als der Dachs kam.

Die schleichen sich im Dustern an, nicht?

Genau der Punkt, Ken. Aber hätt ich's nicht durch die dunkle Nacht auf diesem Feld geschafft, würde ich jetzt nicht hier stehen und mit dir reden.

Leiber bewegen, die Nacht verändert sich.

Irgendwer singt eine halbe Minute lang was von den Beach Boys –

Oh it's been building up inside of me

for oh, I don't know, how long.

Mehr braucht es verdammt noch mal nicht, und auf dem lang gehaltenen Ton lastet für einen Moment die riesige Krux seines Kummers.

Dir selbst geht's wohl auch nicht besonders, Kenny?

Nein, nicht so besonders.

Hab ich mir gedacht.

Er sitzt in eine Ecke gedrängt und hält den Blick gesenkt. Herzeleid heißt der Takt, der diesem langen Ton unterliegt. Leiber schwanken, Zähne summen. Zahnlöchrige Mäuler sind vom Grinsen verzerrt. Unmut zeichnet sich schwer in Grimassen ab. Er sieht, wie ein Mandolinespieler zusammensackt und zur Hintertür rausgetragen wird.

Wie Feuer breitet sich Streit unter den Musikern aus.

Der stämmige Wirt sagt –

Okay. Macht euch vom Acker, ihr Wichser.

Und stellt stattdessen das Radio an.

Kate Bush streift immer noch übers pfiffige Moor.

Er ruft dem Wirt zu –

Was ist denn das für ein Sender?

Luxy.

Die lieben ihre K-K-Kate Bush.

Cornelius kommt und beißt im Vorübergehen einer Frau in den Nacken; sie kreischt und schlägt nach ihm.

Aber, aber, sagt Cornelius, was sind wir doch begeistert!

Die Nacht zerfasert und schließt sich über ihm.

Es geht das wilde Gerücht, der Sänger Ray Lynam könnte sich blicken lassen – angeblich ist er in der Nähe.

Eine tantenhafte ältere Frau setzt sich und belagert ihn eine Weile. Sie verbreitet einen Duft nach Marmelade und Brandy. Erzählt, dass sie sich mit ihrer Schwester verkracht hat – vogelähnliche Finger krallen sich in seinen Unterarm – und dass sie seit neun Jahren nicht mehr mit ihr geredet hat, neun Jahre, die jetzt für sie verloren sind – ihre Nägel graben sich in seine Haut – kein Anzeichen für Versöhnung

– nicht das geringste – und das alles nur, weil sie schwanger geworden ist, die Schwester, und ich hab was Blödes gesagt. Manchmal, Ken, kann was Blödes auch was Wahres sein, aber sagen sollte man es trotzdem nicht. Ich hab gefragt, ob das Kind von ihm ist. Womit ich Ronnie gemeint hab. Tja, sechs Monate später flutscht dann das strohblonde Kleine aus ihr raus. War nicht schwer zu erraten, von wem das war. Kam von dem Typen bei der Fischzucht. Kam von dem Jungen aus Belfast. Von dem mit der Jeans, der hat das strohblonde Kind gelaicht. Der mit der großen blöden Klappe, dieser Stecher, der keinem verdammten Zwerg bis ans Knie reicht. Und natürlich hat die Missus seither kein Wort mehr mit mir geredet. Aber was soll's? Ist es denn, denk da mal drüber nach, Kenny, ist es denn wirklich nötig, dass wir uns morgens, mittags und abends ein Ohr abkauen wie die verdammten Ziegen? Wär's nicht besser, wir würden alle mal die Klappe halten und uns ein Päuschen gönnen? Hä?

Er steht vor der Tür und raucht und sieht auf die großen Kiefern, die im Wind schwofen und schwingen, hört das dunkle Wasser des Sees ans Ufer plätschern. Ein blassgesichtiger Junge steht neben ihm, ein gescheiter, beflissener Typ, der sich mit sanft geneigtem Kopf seiner Fragen annimmt.

Diese Gegend hier heißt also Highwood?

Nein, Ken.

Ach?

Der Pub heißt Highwood.

Also ist die Gegend nach dem Pub benannt?

So könnte man das sehen.

Im Vorbeilaufen schwingt Cornelius sein großes hundsgesichtiges Lachen. Er scheint im Gehen zu bellen. Das Radio wird wieder ausgeschaltet, und eine Weile brüllen alle lauthals, und Cornelius kommen fast die Tränen, so freut er sich, jedermann zu sehen.

Stille wird gefordert, und ein Schimmer huscht durch den Raum – ist Ray Lynam doch da? Aber nein, kein Country-Sänger, nur eine junge Frau, die in ihre schwarzen Haarspitzen singt, und die Nacht schließt sich um ihn.

Zu viel.

Für einen Moment geht er nach draußen. Der Himmel ist jetzt sternlos, schwarz, und er atmet. Die hohen Töne ihres Songs vibrieren, mühen sich, den Raum in seinem Rücken zu füllen – er schließt die Augen, um besser zu hören.

Oh it's been buildin' up inside o' me

For oh, I don't know, how long ...

Ebenso sternlos und dunkel öffnet sich ihm die Vergangenheit. Er entfernt sich von ihr und geht aufs Wasser zu.

Nähert sich eine Weile dem Gefühl, liebestoll und jünger zu sein. Dieser gelbe Neid, dieser tödliche Taumel, und sagen wir, es ist das Jahr, in dem er siebzehn war.

Wenn er es schafft, sich dieses Gefühl zu erhalten, kann er damit vielleicht arbeiten, kann vielleicht wieder schreiben.

Er redet mit einem sehr alten Mann. Er sagt, im Leben kann das Alter kommen und gehen, oder nicht?

Nun, sagt der alte Mann. Ich bin jetzt siebenundachtzig Jahre alt, habe aber schlimmer ausgesehen, als ich dreiundsiebzig war.

Genau das meine ich.

Es gibt Leute, sagt der alte Mann, die sind nicht nur schon mit vierzig alt, die waren schon immer verbiesterte alte Säcke. Verstehen Sie?

Klar.

Aber keine Sorge, die erwischt alle der Scheißkrebs.

Er trinkt noch etwas. Er raucht, was ihm in die Finger kommt. Die junge Dunkelhaarige singt wieder, und er sitzt in eine Ecke gedrängt und lauscht, und er findet sich damit ab, dass ihn hier keiner kennt und dass er sicher ist, hier im Highwood, dass er hier nur Ken mit der sanften Stimme ist, dem altmodischen Haarschnitt, der Flaschenglasbrille und einem Anzug, der juckt und nach Schweiß riecht, nach Hunden, Regen und Kohlerauch.

Er trinkt einen farblosen Schnaps, den man ihm reicht – Schluck um feurigen Schluck geht der runter – und Cornelius schwingt vorbei, grinst wie irre und –

Cornelius in dickleibiger, schneller, Cornelius-typischer Eile

– und er sagt *pssst*! Er sagt, still jetzt alle, leise, bei der Liebe und Ehre von Jesu Christ. Ach, gottverdammt, *pssst*! Ich glaub, Kenneth hat einen Song für uns?

Und was wirklich erstaunlich ist, sagt Cornelius, wenn er singt, dann stottert er kein bisschen.

Ein Bauer wirft ihm vor, er hätte ihm die Kippen geklaut.

Die Gitanes!

Verdammt, das sind meine eigenen!

Bist nur ein wieseliger Pisser, sagt der Bauer.

Er wird an die Wand gepresst – eine mächtige Knöchelpranke drückt gegen seine dürre Collegebrust.

Bist bloß ein habgieriger, scheißverdammt wieseliger Lulatsch!

Er schüttelt die Pranke ab und schreit –

Verdammt, wer hätte je von einem Schafbauern gehört, der verschissene Gitanes raucht?

Wie ein alter Schnulzensänger sinkt der Bauer auf die Knie, hebt die Hände in einer Geste verletzter Rechtschaffenheit, ganz wie Levi Stubbs von den Four Tops, und ruft mit seltsamer Fistelstimme –

Aber ich rauch nun mal verfluchte Gitanes!, schreit er in den höchsten Tönen.

Und Levi-Stubbs-Tränen rinnen ihm übers Gesicht.

Hinter dem hohen Fenster verziehen sich die Wolken vom Himmel, sodass die Nacht im Silber ihres Sternenlichts nun klar und deutlich –

die Zepterspitzen der schwankenden Kiefern zeigt.

Den Schatten eines Bergs, der dunkel zum Himmel hinauflangt.

Er wird ein wieseliger Pisser genannt, ein verlogener, schieläugiger Pisser und ein judennasiger Pisser und ein englischer Pisser, ein englischer Pisser, ein englischer Pisser.

Die Nacht schließt sich um ihn.

Er trinkt den farblosen Schnaps, und er raucht, und er singt.

Und jetzt ist er unter den Bäumen. Er glaubt, er könne über die Bäume hinweg und durch die Nacht mit ihr reden. Er sagt ihr, dass er sie liebt. Er sagt ihr, dass er sie manchmal in den Gesichtern von Passanten sieht. Er sagt, dass er, wenn er am Meer ist, noch mehr als sonst an sie denkt. Er sagt, was aus ihm wurde, und ich frag mich, sagt er, ob du sehen kannst, was aus uns geworden wäre, wären wir noch zusammen. Er sagt, dass er sie noch immer ganz schrecklich vermisst und sie immer vermissen wird. Er sagt, damals warst du jünger, als ich es heute bin. Er sagt, dass sie für ihn eine junge Frau geblieben ist,

meine blauadrige Geliebte, meine Julia.

Übelkeit lässt ihn wie einen grüngesichtigen Spritti in die Knie sinken. Er übergibt sich in heißen, wütenden Stößen. Eine Weile liegt er auf einer Motorhaube und blickt in den Himmel über den Hügeln. Er spürt die kalte Nacht um sich herum wie eine zweite Haut. Er hört zwei Männer reden – hört den Norden Englands in ihren Stimmen. Er kann sie nicht sehen, aber er kann spüren, wie die Männer an der

Mauer lehnen und rauchen und reden, wie ihre Stimmen sich im Dunkeln schwer zusammenbrauen –

Kenneth?, sagt der eine. Glaub ich nicht.

Er sitzt in der Ecke des Pubs und bleibt für sich. Die Zeit verläuft in keinen festen Bahnen. Er könnte irgendwo in seinem Leben sein. Könnte an der Kunsthochschule sein. Könnte in seiner Stammkneipe sein – im Ye Cracke. Oder in Hamburg, wo die Nutten aus den Fenstern grinsen, Knobelbecher und schwarze Schlüpfer tragen und, wenn er vorübergeht, mit Spielzeugpistolen auf ihn ballern und dabei das heisere, harsche Rattern ihrer Knarren hören lassen, rat-a-tat-tat. Er raucht, was immer ihm in die Finger kommt. Die Nacht dehnt ihre Stimmen und jault.

L-l-leiser, verdammt, schreit er.

Kenneth, sagt Cornelius, wird spät am Abend gern mal unwirsch, aber er neigt nicht das geringste bisschen zur Gewalt.

Wieder eine nordenglische Stimme ganz in der Nähe, etwas dunkler.

Suchen Sie ein ruhigeres Plätzchen, John? Nun, es gibt da dieses Hotel, das Amethyst.

Er geht eine Weile unter den Bäumen spazieren. Lauscht aufmerksam. An diesen Bäumen wurden Menschen aufgehängt. Er kann das erkennen. Hört das Ächzen des langsam schwingenden Seils. Lauscht den Stimmen, die unter den Bäumen umherstreifen. Kann sie deutlich vernehmen. Es gibt hier eine unsichtbare Welt gleich jenseits von unserer, aber er hat überhaupt keine Angst. Unter den Bäumen beim Highwood geht die Stimme einer jungen Frau um, und es ist lange her, aber er kann sie noch hören, und ihr Geschlecht ist ein winziger, ferner Stern –

meine kaltlichtige Liebe.

Eine erste Andeutung des Morgens zieht über den Bäumen auf. Der See versteinert im frischen Licht. Mit Kopfschmerzen wird er wach – selbst das Denken tut weh. Er weiß nicht genau, wo er ist. Vor allem das Denken tut verdammt weh. Er liegt bäuchlings auf den glatten Steinen am Ufer. Von oben bis unten fühlt sich sein Reptilienleib uralt an. Reglos liegt er da, ihm ist kalt, und er lauscht auf das Wasser des Sees. Er muss wieder würgen. Er hat ein Stecknadelloch mitten auf der Stirn, und der ganze Schmerz der Welt kreischt hindurch. Er schwitzt verdammte Kugeltropfen. Vereinzelte Bilder aus der vergangenen Nacht flackern ihm durch den Kopf. Qualvoll dreht er sich auf den Rücken und setzt sich auf – er sieht den leeren, verrammelten Pub, die strenge Jury der Bäume, die Morgenpatrouille der Skinhead-Krähen. Vorwürfe im Gelb der Stecknadelaugen; er würgt. Vorwürfe im schwarzen Glanz ihres Federkleids; er würgt. In Fetzen und Lumpen kehrt die Nacht zurück; er stöhnt. Lichtpfeile werden durch die Kiefern geschleudert. In der Nähe hört er heftiges, viehisches Leid. Er dreht sich um und sieht den Lieferwagen, die Schiebetür halb offen, Stiefel ragen in seltsamen Winkeln heraus. Auf allen vieren krabbelt er über Steine. Er würgt beim Kriechen, aber die langsame Evolution der Gattung beschert ihm schließlich den aufrechten Gang; er geht. Setzt einen Affenfuß vor den anderen, bis er den Lieferwagen erreicht. Steckt den Kopf durch die Tür und sieht Cornelius rotäugig, purpurgesichtig, blökend.

Cornelius hebt den schweren soliden Schädel ein Märtyrerfitzelchen an, und er schaut mit dem kummervollsten Blick auf seinen Schützling.

Was für ein Scheißdesaster, John, sagt er.

Allerdings, sagt Cornelius O'Grady, sieht man's aus einem anderen Blickwinkel, hätte es für uns nicht ein Jota besser laufen können.

Das Wohnzimmer der O'Gradys: Cornelius betrachtet mit erfreutem Blick ein paar aufgeschlagene Enteneier.

Nun da Sie in der Gegend sind, werden sich die Gerüchte schneller verbreiten. Sollte das ganze Spielchen beschleunigen, John. Ist vielleicht das Beste, was uns passieren konnte.

Er stippt einen Kanten braunes Brot ins Eigelb. Er kaut, nimmt einen Schluck Tee, schmunzelt.

Denn die Schisser wissen noch nicht, dass Cornelius O'Grady die Spielregeln festlegt.

Ein listiges Grinsen; ein Zwinkern.

Lecker, sagt er.

John bläst Trübsal vor dem Kamin; er bibbert.

Cornelius?

Ja, John?

Hab ich wirklich gesungen?

Cornelius' Augen weiten sich, zeigen Zuneigung und Bewunderung; er flüstert –

wie eine Nachtigall.

Was ist heute für ein Scheißtag?

Ein Freitag.

Dann bin ich noch keine drei Tage unterwegs?

Und verströmt er nicht eine herrlich freitägliche Hoffnungsfreude?

Cornelius?

Was die Insel betrifft, sieht es übrigens gut aus, John.

Er geht nach draußen auf den Hof. Er muss sich noch mal übergeben. Das ist die zügelloseste Geste, zu der er sich imstande sieht. Es wird ein elend heißer Tag. Die Sonne brennt auf der Haut wie Eifersucht. Cornelius kommt und schüttet einen Eimer Wasser aus, um das Erbrochene fortzuspülen. Jetzt wirkt er respektabel, fast priesterlich.

So hoch oben an diesem klaren Tag, die ganze Clew Bay ist zu sehen. Auf der anderen Seite die Faust des heiligen Bergs. Dort unten liegen alle Inseln und warten.

Cornelius stellt ihm einen Becher mit starkem Tee hin.

Mir fehlt es auch an Willenskraft, John, aber deshalb geb ich noch lange nicht klein bei. Um uns auf die Probe zu stellen, legt Gott – oder wie immer man ihn nennen will – uns manchmal solche Nächte in den Weg. Und wir haben seinen Scheißtest vergeigt. Aber wissen Sie, was das Beste ist? Uns wird vergeben werden.

Er pfeift geschäftig vor sich hin, während er seinen Geschäften nachgeht.

Cornelius? Jetzt in einem verschissenen Kahn zu sitzen wäre das Letzte, wozu ich fähig wäre.

Trinken Sie den Tee, John. Danach halten Sie sich glatt für Gandhi.

Warum Sie auf diesen schäbigen kleinen Felsbrocken von Insel wollen, geht ja letztlich nur Sie allein was an. Ich bin bloß hier, um Ihnen zu Diensten zu sein. Wir, die O'Gradys, sind nämlich immer schon ein dienstbarer Menschenschlag gewesen.

Cornelius kommt mit einem kleinen braunen Lederkoffer aus dem Haus.

Vorräte, sagt er. Und ich hoffe, es stört Sie nicht, wenn ich Sie das frage, aber wie viel haben Sie für die Insel bezahlt? Na, ist auch egal. Geht nur Sie was an und niemanden sonst. John ist auf dem Weg zu einem ordentlich langen Schwatz mit sich selbst auf einem elenden nassen Felsen, sagt er mit sarkastischem Humor, schüttelt den Kopf und reicht ihm eine Flasche Powers; der Whiskey schmeckt wie pure Gesundheit.

Jedenfalls viel Glück mit alldem. In drei Tagen kommen Sie von Dörnisch zurück, und wissen Sie, was?

Ein liebevoller Blick –

Dann erkennen Sie sich selbst nicht wieder.

Der Lieferwagen dröhnt und ruckelt um die Kurven und erlaubt nun flüchtige Blicke aufs graue Meer. Es liegt fauler da als zuvor. Über der Bucht ragt die Faust des Bergs auf –

Der heilige Berg, sagt er.

Wie wahr, sagt Cornelius, und sind nicht Generationen von ehrbaren Iren dieses Miststück mit bloßen Füßen und auf nackten Knien raufgekraxelt, die Zunge hing ihnen aus dem Hals, der Wind scheuerte ihnen die Haut vom Leib, Regen prasselte auf sie nieder und Dreck und Scheiße, dazu Herzattacken zuhauf und jede Menge Schlaganfälle, aber hat man je auch nur ein einziges Wort der Klage von diesen verehrten Pilgern gehört, John?

Der Blick sanft fragend erhoben –

Nein, natürlich nicht, sagt er.

Der Lieferwagen hält auf der Küstenstraße.

Ho-ho, ruft Cornelius.

Cornelius? Bitte. Lassen Sie uns einfach zu der scheißverdammten Insel fahren.

Nur noch ein Momentchen Geduld.

Cornelius stellt den Motor ab. Er steigt aus dem Wagen. Der Wind weht jetzt rauer vom Meer herüber. Cornelius bedeutet John, ihm zu folgen, was er auch tut. Gemeinsam laufen sie die Hügelschwarte hinab.

Sie brauchen keine Angst zu haben, John.

Sie nähern sich der hohen Felsküste; tief unten fletscht sie ihre grünen Zähne, die stets einladende See.

Also gut, sagt Cornelius.

Er tritt an den Rand, die Küste fällt steil ab – ein Sturz würde hier lang dauern, und wie er endet, ist gewiss.

Jetzt kommen Sie schon, John.

Er tritt zu Cornelius an den Rand, sieht den tiefen Absturz; heftig bläst der Wind.

Lehnen Sie sich rein, sagt Cornelius. So wie ich es mache.

Er macht es, und er wird gehalten.

Scheiße nein …

Seien Sie wild und stürmisch, John.

Der Wind tobt, und Cornelius lehnt sich noch weiter vor in dessen unbändige Kraft, und er wird gehalten.

Cornelius?

Jetzt, John.

John rückt die Zehenspitzen näher an den Rand, noch näher an den tiefen Abgrund, noch näher.

Cornelius?

Nur weiter.

Er lehnt sich über den Rand, und der Wind hält ihn perfekt im Gleichgewicht.

Hab ich's nicht gesagt, John?

Vielleicht.

Verstehen Sie, wie es funktioniert, John?

Glaub schon.

Nur keine Angst.

TEIL DREI

Jeder Tag ist ein Urlaubstag im Amethyst Hotel

Der Koffer ist uralt. Er könnte direkt aus dem Liverpooler Hauptbahnhof Lime Street kommen, anno 1925. Leder, mit Gurt; ein robuster kleiner General. John trägt den Anzug des toten Vaters, dazu seine dunkelroten High-Top-Sneakers. Psychedelisch spielt die Sonne in heißen Streifen übers Meer. Sein Spiegelbild starrt ihn aus dem Wasser an. Die Augen glasig vom Schock, vom Paracetamol. Der Koffer steht zu seinen Füßen; er enthält sein ganzes Gepäck und irgendwie auch all seine Hoffnungen. John sorgt sich ein bisschen um seinen braunen Lederkoffer. Öffne ihn, und die Vergangenheit könnte rauskippen –

das ganze fuselige Chaos.

Wie bitte, John?

Nichts, Cornelius. Mir fällt bloß der Verstand aus dem Mund.

Das passiert schon mal, nur Fusel hab ich nie getrunken.

Cornelius schiebt den Kahn vom Ankerplatz fort über die Steine. Finster brummelt er vor sich hin, schwört Wellen und Welt Rache. Schiebt ihn ins Wasser. Hantiert an den Tauen, macht sich am Motor zu schaffen –

Verdammtes Drecksding!

Die Meeresvögel beobachten ihn aufmerksam mit ihren irren Glubschern, nichts als Flügelspanne und Totschlag. Er kennt keine Vogelnamen, was nicht die geringste Rolle spielt. Er beugt sich übers Wasser, sieht sein Gesicht näher kommen –

Scheiße auch.

Der Schock angesichts dessen, was das Alter anrichtet. Er sieht vergreister aus als das verdammte Väterchen Zeit. Sorgen und Angst und die Last der Liebe – das sind die Falten in seinem Gesicht.

Cornelius kümmert sich ums Boot.

Der Motor springt an, Taue werden aufgerollt.

John steigt ein, fällt beinahe, fängt sich aber im letzten Moment – tollpatschig wie eine Ente.

Der Kahn steuert aufs offene Wasser zu.

Erklären Sie's mir noch mal, John.

Okay.

Sie fahren zu dieser kleinen Insel, um zu schreien?

Ja, könnte durchaus passieren, dass ich schreie.

Sie meinen, Sie brüllen aus Leibeskräften?

Ist jedenfalls nicht ausgeschlossen, Cornelius.

Wie die Meute auf Achill.

Wer?

Aber worum geht's dabei, John?

Die Urschreitherapie wurde von Dr. Arthur Janov erfunden.

Nie von gehört.

Er lebt in Kalifornien, hat dort eine Klinik. Ich war drei Monate bei Dr. Janov. Er hat mir beigebracht, wie man schreit.

Nur wie man schreit?

Das ist eine Technik, um tiefvergrabene Ängste und Kindheitstraumata freizulegen.

Warum sollte man das wollen?

Weil sie einen bedrücken.

Und Sie wollen diesen Druck loswerden, wollen sich leichter fühlen?

Ganz genau.

Wie leicht wollen Sie sein?

Wie meinen Sie das?

Was, wenn Sie so leicht werden, dass Sie in den verdammten Himmel aufsteigen?

Sie sind Ihren Gewohnheiten verhaftet, Cornelius. Sie wollen ja gar nicht, dass Ihre kleine Welt sich öffnet.

Meine Welt ist dermaßen scheißoffen, wie ich es grad noch verkraften kann. Was für einen Schmerz haben Sie denn so tief vergraben?

Denselben wie alle anderen auch.

Dass Sie mal Kind gewesen sind?

Na ja …

Wir waren alle mal Kinder, John.

Ich habe meinen Vater verloren. Er hat uns verlassen.

Wir haben alle unsere Scheißväter verloren.

Ich auch meine Mutter. Sie ist einfach so gestorben.

Wir haben verdammt noch mal alle tote Mütter.

Dann sagen Sie mir, wie Sie damit klarkommen, Cornelius!

Ist einfach, John. Ich hör auf das, was um mich ist.

Okay …

Und dann?

Ja?

Reagiere ich.

Sie hören zu? Und Sie reagieren?

Weil man alles hören kann, was man auf dieser Welt nur braucht.

Sie wecken mein Interesse, Cornelius.

Man kann von dieser Welt nur wenig sehen, John. Aber hören kann man verdammt noch mal alles.

Als der Kahn schwankend aufs offene Meer zuhält, legt John sich auf die Planken. Er schiebt sich den Koffer als Kissen unter. Er fällt in den graublauen Himmel, und während das Boot über die Bucht zieht, verschönt der Tag sich mit Wolkenflicken und blauen Flecken.

Unterwegs in der verdammten Welt.

Wie bitte, John?

Er schließt die Augen und lauscht aufmerksam – die Welt ist voller Hohlräume – und er läuft die Bold Street entlang, ist wieder sechzehn – vielleicht auch siebzehn – und er will alles ficken, was sich bewegt, ist aber in einer seiner dicklichen Phasen und hackevoll, und er will zum Hauptbahnhof, will den letzten Zug erwischen, und aus jedem Schaufenster springt ihn sein Bild an – ein taumelnder John – er stolpert, fällt in einen Türeingang – Cripps Kaufhaus – und am Himmel über den Dächern hängen die duseligen Sterne, er würgt, er kotzt, er lacht wie ein Hund, während er sich die Kotze abwischt, und er weint.

Er schlägt die Augen auf.

Der Himmel wogt und wandert.

Er ist seinem ureigenen Kummer überlassen, dem Gewebe seines Leids – da ist er Experte. Diskret wendet Cornelius den Blick ab, als John hinausschaut, fort, weit über die Inseln und die Bucht hinaus, und das Boot hebt und senkt sich, und der Motor rattert, und die Faust des heiligen Bergs stößt zum Himmel auf, und die winzigen Inseln liegen in alle Richtungen verstreut. Er greift nach einem dunklen Holz, fast eine Art Taktstock, nimmt es, dreht es – wie gut es in seiner Hand liegt, wie mörderisch.

Der Priester, sagt Cornelius.

Zum Töten der Fischlein.

Oder was immer einen sonst bedroht.

Wohin er auch blickt, liegt eine Insel, nur nicht seine. Alle vertraut, doch immer stimmt irgendwas nicht –

Und?, sagt Cornelius.

Nein.

– vielleicht, weil die Felsen falsch angeordnet sind oder die Konturen eines Hügels vor dem Himmel nicht stimmen. Wieder fahren sie an einer Insel vorbei, und er sieht eine rasche Unschärfe vor Felsengrau, die Bewegung ist reines Tempo, ein Schaudern, versilbert das Blut: der Hase. Sie fahren weiter hinaus, der Wind wird heftiger, kommt mit Peitschenhieben, aber er gewöhnt sich an das stete Dröhnen, die stete Drift. Das Boot umfährt die Spitze einer Insel und erreicht offenes Wasser. Sie ziehen über die Farben der Bucht hinweg; wie sich seine Laune gebessert hat – jetzt strahlt er, ist bester Stimmung; es muss an dem Hasen gelegen haben. Weit kann es nicht mehr sein.

Fühlt sich richtig gut an.

Da aber fährt ein weiteres Boot übers Meer, kommt näher, und drin kauern verschwommen dunkle Gestalten.

Ich sehe Teleobjektive.

Runter, John.

Er legt sich flach auf die Bootsplanken.

Arschlöcher. Bleiben Sie unten, John.

Cornelius macht sich langsam daran, das Boot zu wenden – lässt es dann wieder treiben.

Unten bleiben.

Kaum atmend liegt er auf den Planken.

Da können wir nur eins machen.

Ja?

Wir müssen zu unseren Freunden nach Achill Island.

Paranoia driftet in weißem Rauch über den Himmel.

Das Boot fährt wieder.

Und hier ist Cornelius –

mit dem Rücken zur Maiensonne,

das Gesicht dunkel verschattet,

die sanft schmeichelnde Stimme heiser.

Wir hätten gleich da hinfahren sollen, John. Gibt kein Vertun. Das Amethyst Hotel ist der allerbeste Ort, um diesen Ansturm auszusitzen.

Das verdammte was?

Das Amethyst, John. Auf Achill.

Amethyst schon wieder? Was ist dieses verdammte Amethyst?

Sweet Joes Haus.

Und wer ist dieser Sweet verfluchte Joe?

Nun, John, die Menschen auf Achill Island sind überwiegend knauserig, engstirnig und ziemlich aggressiv. Die Stirn robust und gedrungen. Im Gesicht tiefe Furchen. Schmale kleine Münder. Ist allerdings auf dieser weiten, so irdischen Welt kein Wunder …

Er spuckt aus.

… denn seit unser Herr Jesus ein nacktärschiges Knäblein war, lutschen diese Leute Steine am gottverdammten Straßenrand. Mit denen auf Achill werden wir aber nichts zu tun haben, John. Das kann ich verlässlich versprechen. Und die, zu denen wir wollen, wurden nicht auf Achill geboren. Wirklich nicht. Das sind Leute von unserem Schlag.

Die Planken ächzen und singen.

Vor ihnen tauchen die Klippen von Achill auf.

Die Paranoia jagt ihre Möwengeschwader heran.

Wer genau sind diese Leute, Cornelius?

Die, sagt er, die das Amethyst Hotel übernommen haben.

Was Merkwürdiges, was Vertrautes – Amethyst?

Cornelius navigiert das Boot durch die Felsen. Der Motor geht aus, das Boot wird festgemacht. Eine breitknochige Pranke hilft ihm an Land. Dabei fühlt er sich ladylike und tuntig, fehlt nur noch der Sonnenschirm. Sie kommen vom Wasser und steigen hügelan. Folgen einem alten Pfad, gesäumt von windsingenden Hecken. Der Eindruck aus unmittelbarer und fernerer Nähe ist mittelalterlich. Überall sprießt es verdammt prächtig – es verursacht ihm ein wehes Pulsen im Hals. Auf Achill hört man das Pochen des nahenden großen Sommers; alles atmet. In der Maienzeit sind wir losgelöst, und die Zeit verläuft in keinen festen Bahnen. Zumindest glaubt er das. Die Welt ist euphorischer, erregter Stimmung. Winzige Fäuste der Angst ballen sich unter seiner Haut. Er ist wieder auf Achill Island – eine Insel wie ein schlechter Trip – das Licht ist harsch, und ihm ist kalt vor Angst.

Ich war schon mal hier, sagt er.

Wir waren alle schon mal hier, John.

Ich meine das nicht philosophisch. Ich meine genau diesen beschissenen Ort. Ich war schon mal hier.

Sie steigen ein bisschen hügelan und dann noch ein bisschen weiter. Schnell schaffen sie es zum Amethyst Hotel, dieser seltsamen Hazienda in der Maiensonne. Armeen von Insekten schwirren durch die Inselluft. Und da sind Stimmen – hört doch!

Die Stimmen sind hoch, aufgekratzt, irre.

Ich glaub, ich war schon mal in diesem verfluchten Amethyst Hotel.

Er stiefelt jetzt durch die Pfützen eines lang vergangenen Traums – neun Jahre ist das her.

Sie kommen an einem alten, einstmals gepflegten Garten vorbei, längst verwildert und voller Unkraut, und man meint zu ahnen, dass hinter den Hecken Ungesehenes herumkriecht.

Sweet Joe, sagt Cornelius, so heißt der Gentleman, der heute das Amethyst leitet, und ich muss sagen, er ist ein außergewöhnlicher Mensch.

John ist besorgt.

Sweet Joe, sagt Cornelius, würde für Sie eine Maus auf dem Piccadilly Circus hüten.

Ich dachte, wir hätten gesagt, keine Hotels?

Das Amethyst ist nicht mehr öffentlich zugänglich, John.

Nicht ohne weiteres. Ist im Moment nur für Joe und dessen Freunde.

Freunde?

Da sind die Stimmen wieder. Laut und verzweifelt. Er kann Unwohlsein hören und Wut. Er erkennt diese Stimmen auf Anhieb und weiß gleich, zu wem sie gehören.

Sie wissen Bescheid, sie erwarten uns, John. Gestern Abend haben wir noch miteinander geredet. Sie wissen, dass wir in die Klemme geraten könnten. Diese Leute sind genau Ihr Typ.

Stimmt, er kann manch Altvertrautes hören –

Er kann das Ficken riechen und die Freebase.

Er kann den Wahnsinn riechen.

Er kann die Freaks riechen.

Als er die hohen, erhabenen, roten Buchstaben

AMETHYST

auf der weißen Giebelwand sieht, kommt die Erinnerung mit Macht zurück: Er war ganz sicher schon mal hier. Volle neun Jahre ist das her. Damals gehörte das Haus ein paar Schauspielern. Hatten einen ziemlich leckeren Weißwein. Hatten ziemlich gutes Pot. Haben für uns ein Picknick veranstaltet. So ein herrlicher Nichtstag. Das war zu Beginn unseres gemeinsamen Lebens.

Das Picknick fand oben in den Hügeln statt. Die waren kratzig, um die Knöchel nur Heide und Brennnesseln, und eine Weile saßen sie auf einer Schottendecke und schauten hinab über die Bucht, die sich langsam von Grün nach Blau verfärbte, aßen dazu winzige Sandwichdreiecke mit Käse und Pickles und tranken den kalten Weißwein –

– *oder nicht*?

– bis der Regen heranzog, ein plötzlicher Angriff von einem sehr miesepetrigen alten Gott, und als der Himmel die Farbe so rasch veränderte, wie die Liebe sich verändern kann, hasteten sie zurück, und dann war Regen auf ihren Gesichtern, und alles wurde höllisch schlüpfrig, und vor lauter Liebe ließen sie sich einfach fallen.

Noch was, das nie wiederkommen wird, sagt er sich, sentimentaler Scouse, der er ist.

Im Haus. Die Luft in diesem merkwürdigen Hotel riecht klamm und abgestanden. Von oben Stimmen. Fallen verdammt heftig übereinander her. Dann Schritte, und auf der Treppe wird eine Gestalt sichtbar – ein dunkler Schatten.

Senkt den Kopf, wirft einen Blick –

Sweet Joe, sagt Cornelius.

Unter einer Wolke, einer Gloriole von buschigem, kastanienbraunem Haar grinst das Viech die Treppe runter. Der Kerl hat winzige Augen vom Schlag gelblicher Pisslöcher im Schnee. Ansonsten ist er ein recht behänder, anmutiger Dicker. Wie er auf den Fußballen federt, als er die Treppenkehre nimmt.

Verdammte Scheiße, sagt John.

Sein Anblick lässt an ein gewaltiges Riesenwildschwein denken – ein nur beschworenes, nie gesehenes Fabelwesen. Er trägt ein weites viktorianisches, poetisch flatterndes Hemd, dazu eine Art Kniehose – *eine verfluchte Kniehose*? – und seine Haut hat einen hellen, gesunden, munteren Schimmer. Der Mann ist widerlich lebendig. Und er flüstert die sich geziemenden Worte –

Wie absolut passend, dass Sie gekommen sind, John.

Die Stimme?

Eindeutig Nordengland.

Ist Ihnen ein wenig kalt, John?

Seine Stimme – dieses nordenglische Schnaufen, der spelzige Ton von Burnley.

Danke, alles gut.

Sie sitzen in der Hotelküche, rauchen und trinken Nesseltee.

Kann im Mai abends noch ziemlich eisig werden.

Diese Stimme klingt altertümlich, wie eine Übertragung

aus lang vergangener Zeit, mitsamt dem statischen Rauschen von Radioröhren. Durch das Gesicht wimmeln Tics und nervöses Geflatter, als wären verzweifelte Vögelchen unter seiner Haut gefangen.

Eine Tasse Tee kommt jetzt genau richtig, sagt er.

Der Ton zudem vernünftig, wie der eines verfluchten Busfahrers, und die Küchenwände sind mit obskuren Symbolen bemalt –

schwarze Sonne,

Pentagramm,

Zauber gegen den bösen Blick.

Von oben Stimmen – jung, aufgewühlt, lärmend.

Frank und Sue, sagt er. Die gehen gerade zur Sache.

Ach ja?

Sind am Tiefschürfen, sagt er. Wir sollten die beiden jetzt lieber nicht stören.

Ein betrübtes, vertrauensvolles Lächeln, und wieder werden Worte geflüstert –

Sie haben Wochen gebraucht, um da hinzukommen, Frank und Sue.

Mal brüllen sie sich an, sagt Cornelius. Mal bespringen sie sich wie Straßenköter.

Könnte noch immer so oder so ausgehen, sagt Joe, für Frank und Sue.

Die Stimmen oben klingen schrill und heftig, kippen mal ins Kreischen, mal ins Keifen – John ist wieder in einem Freakhaus gelandet. Ist ja auch schon eine ganze Weile her. Keineswegs unzufrieden nippt er an seinem Nesseltee.

Wie kommt's, Joe, dass Sie hier geendet sind?

Ach, ist wohl kaum ein Ende, oder?

Rot läuft der Hals des Dicken an.

Hier draußen kann man wirklich so manches hören, sagt er. Ich meine, wenn Sie eine Ader fürs Mesmerische haben.

Tja, sagt Cornelius und gießt einen Schluck vom spanischen Brandy in ihre Becher, in alle drei.

Hält das Blut in Wallung, sagt Joe.

Der gesunde Menschenverstand ist das wahre Merkmal eines jeden Irren, hat schon Peter Sellers so oder so ähnlich gesagt, und wenn es einer gewusst hat, dann der.

Leichtfüßig tritt Joe ans Fenster, um nach draußen zu sehen. Er betrachtet die Maienzeit im fröhlichen Insellicht, nickt und dreht sich um.

Gestern Abend, John, sagt er, das war zauberhaft. Sie waren da und doch auch nicht da.

Okay.

Und Sie haben wirklich schön gesungen.

Hab ich das?

War aber ein ziemlich seltsamer Song.

Song?

Eigenartig, sagt Cornelius, aber toll.

Okay, sagt John.

Er kann sich an den Abend nicht erinnern, nur Bruchstücke fallen ihm wieder ein, Splitter, und dunkle Schatten, die dräuen, aber nicht zu fassen sind.

An den Wänden –

das Hexagramm

das Ankh,

das Auge der Vorsehung.

Er ist hier und nicht hier; er lässt die Handflächen auf die Schenkel klatschen, scheinbar gutgelaunt, doch will er sich nur seiner Haut vergewissern, seiner Knochen, hier auf diesem harten Stuhl in der Küche des merkwürdigen Hotels im Monat Mai – so lind und lau – des Jahres 1978.

Was treiben Sie hier draußen tagsüber so, Joe?

Erkundungen, sagt er. Wir schürfen tief.

Ach ja?

Die fetzen sich, sagt Cornelius.

Sie lief schon die ganze Zeit, aber jetzt erst hört er sie, die Musik auf der Hi-Fi, irgendwie marokkanisch, wenn auch kaum wahrnehmbar, eine Sitar, dazu leise, gedämpfte

Trommeln, und Joe lächelt und schwingt die fetten Hüften.

Hier im Amethyst geht es hart zur Sache, John.

Er nippt am Nesseltee und spürt, wie die Brandywärme ins Blut schießt; nur um was in der Hand zu haben, steckt er sich eine Kippe an. 1978, wieder Vater, verdammt, und er treibt sich in einem verfluchten Freakhaus herum?

Wo kommen Sie her, Joe? Ursprünglich.

Aus der Gegend von Knowleston.

Wo genau?

Aber Joe lässt nur ein Grinsen übers Gesicht schwabbeln und wackelt mit den fülligen Hüften zur Wüstenmusik – in lässig fettem Rhythmus. Ruhig und abgeklärt betrachtet er John –

Sie nennen mich Joe Director, sagt er.

Er lächelt schweinsmäßig und zeigt die gefurchten Handinnenflächen.

Dämliche Kids, sagt er.

Denn hier draußen gibt's keine Direktoren, sagt er.

Hier draußen sind wir eine echte Kommune, sagt er.

Ach ja, sagt John, eine Kommune?

Die Kommune der Schwarzen Atlantiker.

Der verfluchten was?

Die Geräusche von oben sind jetzt unverkennbar Sexgeräusche –

Wollüstige Schreie.

Süßes Schokogestöhn.

Wütendes Gejaule.

Frank und Sue, sagt Joe. Sind noch jung und haben heißes Blut, John.

Wie Straßenköter, sagt Cornelius.

Dann sind Sie hier nur zu dritt?

Es gibt noch andere junge Freunde, die kommen und gehen, sagt Joe.

Wieso überrascht mich das nicht?

Aber zurzeit? Ja, eine Dreierfamilie.

Man hat ihn in einem Freakhaus abgesetzt; aufmerksam beäugt er Cornelius, diesen unbekümmerten Unhold. Aber Cornelius strahlt nur und zielt Spritzer Brandy in ihre Becher, in alle drei.

Wir gehen hier hart zur Sache, wiederholt Joe, und wir treiben es bis zum bitteren Ende.

Verstehe, sagt John.

Das Schreien ist für ihn nichts Neues, sagt Cornelius.

Hab ich gehört. Und das lief nach der kalifornischen Methode, John?

Nun ...

Hier bei uns, sagt Joe, ist das Schreien bloß der Anfang.

Diese Schweinsarroganz.

Ach ja?

Ehrlich gesagt, sind wir längst drüber raus.

Reden Sie weiter.

Hier draußen, John, schimpfen wir.

Sie schimpfen?

Ganz genau. Schon mal richtig wen ausgeschimpft, John?

Kann ich nicht behaupten ... jedenfalls nicht in dem Sinn.

Joe Director schürzt bedauernd die Lippen; dieses arschige Lancashire-Getue.

Übers Schimpfen dringen wir ins Innerste vor, John. Und dahin müssen wir doch, oder nicht?

Viel Glück damit, sagt John. Ich will nur auf meine Insel.

Oben krümmen sie sich zum Höhepunkt, und Joe richtet schüchtern seine Lauscher danach aus.

Die Jugend, sagt er und lächelt.

Wohl wahr, sagt Cornelius.

Nach der letzten ekstatischen Zuckung nur noch mattes Schluchzen.

Auf Ihrer Insel haben früher mal ein paar Leute gehaust, nicht, John?

Stimmt ... vor Jahren.

Einige von denen habe ich gekannt, John.

Ehrlich?

O ja.

Sie wissen nicht zufällig, welche Insel meine ist, Joe?

Ich würde sie wahrscheinlich an der Luft erkennen, John. Von diesen Leuten weiß ich, dass es da eine ganz besondere Luft geben muss.

Cornelius?

Ja, John?

Wann genau fahren wir auf meine verdammte Insel?

Aber Cornelius lächelt nur, zeigt Geduld heischend die Handteller und nippt an seinem Brandytee.

Joe Director holt den Kessel.

Ich setz frischen Tee auf, sagt er.

Die Sitars wabern. Dazu eine Drehleier. Ein Klavichord? Was verdammt meint Joe damit bloß? John wäre gern tausend Meilen weit fort von hier, und er will genau da sitzen, wo er sitzt.

Draußen –

kommen leichte Windböen vom Meer, peitschen die Hecken und Kiefern.

Im Amethyst –

das gedämpfte Säuseln und Wimmern der Sitars,

verzücktes Grunzen und das spasmische Atmen der erneut Vögelnden,

der bittere, braune Brand der Freebase.

Erzählen Sie mir mehr übers Schimpfen, sagt John.

Das Leben in New York verläuft in höchst geordneten Bahnen. Er geht nicht oft aus der Wohnung. Braucht er auch nicht – die ist so groß wie Scheiß-Birkenhead. Er spielt mit dem Kind. Er ist brav, der Kleine, schläft wie eine Schildkröte – so süß in seinem Windelpanzer. John guckt aus dem Fenster. John brüllt Autos an. John isst Sushi aus dem Karton und sieht Spätfilme im Bett. Schwarzweißfilme; er kennt alle Texte, spricht mit – halt deinen verdammten Rand, John! Er kleckert Aalsoße aufs Laken. Er macht lauter Pläne. Der Tag segelt vorbei, und das gar nicht mal unelegant. Er sitzt auf seinem Hintern. Er sitzt in dieser mächtigen Burg hoch über der Prärie, über die wilde Indianer ziehen. Er ist der durchgeknallte Sheriff, und er hat den bösen Blick. Er backt verdammt oft Brot. Der aufgehende Teig, die Wärme in der Küche an einem kalten Wintertag, draußen die Stadt unter schmutzigem

Schnee – er hat es gemütlich wie ein Bastard im Mutterleib. Er ist so glücklich, dass er Grimassen zieht und singt. Und die Tage vergehen und die Nächte, und er kann nicht schlafen, wenn der Wind zu stark weht, und er schaut aus dem Fenster in den Park und über die Wipfel, über die grünen Wipfel, um die Baumfeen fliegen – hallo? Wörter fallen ihm wie aus heiterem Himmel ein – arboreal. Was schön ist. Er lauscht auf die Vögel in der Dämmerung, auf ihr Postillengeschnatter. Wie die Tratschtanten an der Bushaltestelle. Er wird nervös, wenn die Tage sich hinziehen. Er achtet auf sein Gewicht. Er trinkt keinen Alkohol und lässt die Finger vom Dope. Er isst braunen Reis, gebackenen Fisch und gedünstetes Gemüse. Er neigt eindeutig eher zur Hagerkeit – stellt sich seitlich vor den großen Spiegel im Schlafzimmer, prüft sein Profil. Er schmiedet jede Menge Pläne. Er raucht. Er betrachtet den Regen über der Stadt, in dem sich die Lichter fangen, verschwommen im düsteren Nass, und die Nacht bricht an, ein gespenstisches Docklicht – er ist wieder zu Hause. Er stellt obskure Theorien auf. Er geht nicht oft aus dem Haus. Er stellt gewisse okkulte Verbindungen her. Die Zahl Neun macht ihm zu schaffen. Und er hat es mit dem Fahrstuhl. Er hört seltsame Musik. Er ist wie besessen von der verdammten Zahl Neun. Er bleibt die ganze Nacht wach. Er liest was über Stockhausen. Er liest was über Howard Hughes. Er liest was über wie heißt er noch gleich, den verdammten Rimbaud. Er sieht sich was im Fernsehen an. Er imitiert alle Stimmen. Er ist Greta Garbo. Er ist Captain America. Manchmal hat er eine irre Energie, manchmal verfickte Nullenergie. Er ist der Erdnussfarmer Carter, er ist Mao Tse-tung. Merkwürdige Gedanken kommen ungebeten – die Welt ist voller Hohlräume, und die Welt ist voller Gräber. Manchmal spielt er Gitarre, aber nicht oft. Er macht alle Fernsehstimmen nach – er ist ein Cowboy, er ist ein Weltraumfahrer, er ist ein Zuhälter. Er lässt sich Bücher über Okkultes schicken. Er telefoniert mit Kalifornien, mit Liverpool. Er summt und gurrt und lässt das Kind Bäuerchen machen – das Kind erbricht sich. Er überweist beachtliche Beträge an radikale Gruppen. Was scheißneue Songs angeht, sitzt er auf dem Trockenen, und das ist die verdammte traurige Wahrheit. Er liest ein bisschen Aleister Crowley – der Mann ist ein verfluchter Witz. Er hat keinen scheißverdammten Song, genau das ist der Punkt. Er findet einen Kanal, der früh um fünf Monty Python zeigt. Das Kind kotzt saure Milch, riecht nach blutiger Mutterschaft. Er bestellt was zu essen. Bringen Sie uns rohen Fisch und Pizza-Pie. Eines Nachts ertappt er sich dabei, wie er sich bei Pete and Dudley die Seele aus dem Leib flennt. Er sitzt da und blickt in den Himmel, über den Park und über die Hochhäuser, und es bedeutet ihm rein gar nichts. Ihm kommt kein verdammter Song. Er ist so glücklich, dass er schreien möchte.

Brutale Konfrontation, John.

Es spricht Joe Director.

Das ist der einzige Weg, alles bloßlegen und sehen, was drunterliegt. Man muss sich die Haut abziehen.

Glauben Sie?

Ja. Und einfach ist das nie. Es verursacht großen Schmerz, aber wir müssen die Muschelschale öffnen. Sie ist so fest geschlossen. Ich meine, schauen Sie doch sich an, John. Auf den ersten Blick? Absonderliches Genie.

Herzlichen Dank auch.

Aber tief drinnen? Das würde ich wirklich gern wissen. Und ich glaube, Sie würden das auch, John.

Schwer von der Last ihres Lauschens dräut oben samtene Totenstille.

Manchmal ist es schwierig, John. Das will ich nicht leugnen. Es kann verdammt knifflig werden. Wir gehen hart zur Sache, und wir wagen uns in heikle Ecken vor. Es kann verdammt unangenehm werden. Aber das Schimpfen kann auch besänftigen, und manchmal sind wir dabei sehr behutsam. Mit Zärtlichkeit können wir umgehen. Auch mit Liebe können wir umgehen.

John kippt sich noch einen Spritzer Brandy in den Becher Nesseltee. Auf der Flasche klebt ein altes spanisches Etikett, das eine schwarze Eidechse zeigt. Okay. In seinem Mund der Geschmack von Feldern, das Brennen vom geilen Brandy. Gar nicht unangenehm.

Wohin das Schimpfen führt, lässt sich nie vorhersagen, John. Vor allem nicht in diesem Haus.

Joe Director: sein Grinsen von Betrübnis aufgeweicht.

Cornelius: sein Gesicht stromstoßglücklich von einem Geistesblitz.

Wär das für Sie nicht das Beste, John?

Wie bitte?

Ich fahre aufs Festland, schaue mich um. Fahre mit dem Lieferwagen über die Straßenbrücke zurück. So kann ich zumindest sehen, ob die Schisser abgezogen sind.

Sie meinen, Sie wollen mich hierlassen?

Die kämen gar nicht auf die Idee, Sie im Amethyst Hotel zu vermuten, John.

Draußen sind die Hügel ineinander gestürzt, und das eiserne Meer wogt, und er nimmt sich noch ein Schlückchen vom Feuerwasser.

Cornelius?

Ja, John?

Wann fahren wir auf meine verdammte Insel?

Wollen Sie sagen, Sie möchten da hin, obwohl Ihnen achtzehntausend verdammte Kameras und die *News of the World* auf den Fersen sind? Nur ein paar Stunden, John. Dann komme ich mit dem Lieferwagen zurück, und wir machen uns auf den Weg.

Joe Director geht Richtung Kellertreppe –

Wo dieser Brandy herkommt, gibt's noch mehr.

Er hält inne, eine zündende Idee –

Hätten Sie nicht Lust, eine Prise Kokain zu verkokeln, John?

Und von oben ein himmelaufreißender Schrei.

Hab ich's nicht gesagt? Die Leute sind genau von Ihrem Schlag, John.

Frank und Sue?

Er gleicht einer verdutzt dreinsehenden Bohnenstange mit verfilztem Blondhaar in kippeaschigen Strünken – ein bleichgesichtiger Rastafari, der was Wölfisches oder Köterhaftes hat. Als wäre er vom Hundsstern. Sie ist winzig, elfenäugig mit eifrig schwingenden Titten, attraktiv, proper, aber irgendwie distanziert – ein unentdecktes Gestirn. Nordenglisch, alle beide, aber einen Zacken vornehmer als Joe. Es gibt im Haus kokelkokshaltige Luftblasen – bittergrau, verführerisch – vornehmlich aber wabert durchs Amethyst ein abgestandener, sämiger Puffgeruch. Er setzt sich zu den jungen Leuten auf die Treppe, und sie halten ein ernstes Schwätzchen.

Sie sind also auf dem Weg zu Ihrer Insel?

Richtig.

Wie groß ist die denn?

Neunzehn Morgen.

Ziemliche Fläche.

Neunzehn Morgen Fels und verfluchte Karnickellöcher.

Um gar nicht erst den verfluchten Bansheewind zu erwähnen – er steckt sich eine Kippe an. Nippt an seinem Nesseltee. Dem Eidechsenbrandy hat er abgeschworen, und die Koksbase hat er abgelehnt. Er kommt sich stark vor, weise, onkelhaft, und er ist froh.

Mehr nicht?

Wie meinen Sie das?

Nur Sie drei hier?

Es kommen und gehen noch andere.

Jede Wette.

Sic klingen ein bisschen besorgt, John.

Das jetzt von Frank.

Warum sollte ich mir Sorgen machen?

Sie klingen, als hätten Sie Schiss.

Warum sollte ich Schiss haben?

Ich spiele mit Ihnen.

Sie spielen mit *mir*?

Sue lässt die Eidechsenzunge über saubere volle Lippen schnellen; sie dreht die Elfenlämpchen auf …

Warum sind Sie hier?, sagt sie.

Schätze, ich laufe davon.

Vor was?, sagt Frank.

Vor wem?, sagt Sue.

Vor mir selbst, sagt er. In der Geschichte der Menschheit werde ich der Erste sein, der es schafft, dem eigenen verdammten Schatten davonzulaufen.

Sie schauen sich an – er ist düster, sie distanziert, ihrer beider Grinsen völlig abgedreht.

Und wovor laufen Sie beide davon?

Ich hatte immer schon vor, herzukommen, sagt sie.

Ich auch, sagt Frank.

Zieht einen einfach an, sagt sie.

Hat das gewisse Etwas, sagt er.

Kleine Ausreißer, wie?, sagt John.

Sie klingen anders, sagt sie.

Wie anders?

Älter anders.

Tja, bin ja auch scheißverdammte siebenunddreißig.

Reiche Kids, die im Westen Dope, Ficks und das Urschreien suchen – die Sorte kennt er in- und auswendig.

Und wie haben Sie das hier gefunden? Joe?

Bei der Erwähnung des Direktors senken sie den Blick.

Ihr geht hier hart zur Sache, nicht?

Sue schaut den Jungen an – er lächelt, nickt: Sie drehen sich um, küssen sich, hart und schnell. Und dann kehrt Sue sich wieder John zu, und sie lächelt bedauernd, als wollte sie sagen, wie das schmeckt, wirst du nie erfahren.

Sie knipst die Elfenlämpchen an, dann –

Für uns gibt's das Schimpfen, John.

In der Maienzeit wird es auf Achill nie ganz dunkel – könnte glatt eine norwegische Insel sein. Er stromert durchs tote kleine Hotel. Abends hängt in den Fenstern noch ein Schleier blaues Licht. Frank und Sue flennen lautstark oben in einem der Räume; Joe Director ist in der Küche und macht sich mit mörderischer Lust an ein Ziegencurry. John taucht voll ein ins Familienleben des Amethyst Hotels. Diese süße Klammheit. Cornelius ist zum Festland, um die Pressemeute in Schach zu halten. Die Wände des Amethyst sind mit Statements verschmiert – Statements zum Es, Statements zum Wendekreis des Steinbocks. Unter seinen Schritten schmatzen Teppiche, verströmen den schalen Anismief von Meerwasser. Er ist so verdammt viele Meilen entfernt von der Liebe und von zu Hause. Teuflische Gnitzen schwirren umher, schwärmen aus, wollen sein Blut. Erwischen ihn im Nacken, erwischen ihn von vorn. Er schlägt nach den winzigen Nazibiestern. Anzeichen von Leben, immerhin. Er raucht, seufzt. Er steht auf der Eingangsveranda des Amethyst Hotels, schlägt träge nach dem Flugvieh und schaut hinaus in die halbhelle Nacht. Joe Director kommt, hakt sich freundschaftlich bei ihm ein. Joe Director verbreitet ein eigenartiges Charisma. Hitzige Röte steigt unter dem Kragen seines altertümlichen Hemdes auf.

Haben Sie gewusst, dass der Mars am Himmel steht, John?

Das hat mir gerade noch gefehlt, oder?

Er leuchtet als trübes Feuer am östlichen Himmel, und jetzt kehrt ein dunkler Vergangenheitssplitter zurück: Genau hier haben sie gesehen, wie die schwarz gekleideten Frauen ins Meer gingen.

Voller Angst dreht er trotzdem eine Runde in der Halbnachtluft. Jetzt ist es Sue, die ihm folgt, ihn nicht aus den Augen lässt. Sie ist winzig wie eine Fee, die auf Blumen laufen könnte, ohne einen Stängel zu knicken, dafür aber obenrum sonderbar groß mit ihren ralligen Titten, und als Bluse trägt sie so ein viktorianisches Brokatteil, und sie hat so ein sexy Lächeln – oder nicht? – und sie sitzt im Garten und peilt die fernsten Sender an.

Alles klar, Sue?

Ein Lächeln, elfisch – sie zerpflückt Blüten. Die Halbnacht riecht nach Salz und Blumen. Eine Weile sieht er den Schafen zu. Sie schweifen hier- und dorthin über den krummen Pfad, der die Hügel hinauf zum Amethyst führt; loser Sand rieselt in seltsamen Driften und singt sein Körnerlied, und John wird sentimental – nur ein bisschen – und er wandelt durch den verwunschenen Hotelgarten, will fort von den freakigen Elfenaugen, vom Nordenglandmädchen Sue – und jetzt ist er völlig unsichtbar – glaubt er zumindest – und er senkt den Blick, lässt ihn eine Weile über träge wogende Wellen wandern – und er sieht den salzigen Dödelschafen zu, sieht sie kommen und gehen, sieht sie dahinschweifen wie träge, törichte Gedanken, und wieder zieht es ihn zu seinem alten Dad. Ein Flattern im Kopf, und er ist aufs Neue dort. Wie der sich manchmal unversehens anschleicht, einfach so auftaucht –

Alles klar, Freddie? Alles klar, Kleiner?

Und immer ist er ein Junge, immer sieht er ihn als Kind in den fernen Zwanzigern – den kleinen Freddie aus dem Waisenhaus Bluecoat, ein Gör, trödelt heran, sitzt auf einer verrosteten Eisenbank beim Gestrüpp, bei den Beerenperlen im verwunschenen Inselgarten – Baumlied, Bö durchs Laub, Katzenjammer, Mitternachtsgarn – was er aber unter den Fußsohlen spürt, ist das Pflaster der Stadt Liverpool – Mariners Parade, Fazakerley Street, Hackins Hey – er behält die Stadt im Blick, und durch die Augen seines Vaters nimmt die Welt seltsame Formen und Gestalten an, wie es für ihn wohl war, ein großes Wunder, eine Eins-zu-zigmillionen-Chance, dass sein Blick gerade auf dieses schlanke Mädchen fällt, auf seine blauädrige Liebe, seine Julia.

Tote Liebesgeschichten machen uns zu denen, die wir sind.

Tja.

Er ist ganz aufgewühlt.

Verdammt, lass es doch einfach, John, sagt er.

Nachts ist der alte Garten süß wie Weihrauch und leer wie eine Kirche. Es herrscht eine große Schwere darin. Seetang in der Luft des nahen Sommers, und damit kommen die Jahre zurück – windige Strände, sommersprossige Jugend, die mageren rotbraunen Glieder eines Sommers im Nordwesten, der Wendekreis von Lancashire. Er redet jetzt mit seiner echten alten Stimme. Gefühlsgetorkel, Gefühlsgekreisch. Locker mal an seinen Vater denken ist nicht. Regt ihn zu sehr auf. Lieber genehmigt er sich eine Kippe und einen Brandy – den ganzen Mist unterdrücken. So kann man die Vergangenheit unter Verschluss halten. Er geht zurück ins Haus. Sue kommt mit und beobachtet ihn.

Alles klar, Sue?

In der Lobby lässt er sich in einen alten Sessel fallen. Der Samt so klammgrün wie Moos, als sprösse die Welt durch die Steine wieder ins Amethyst zurück. Er fühlt sich wie ein ziemlich alter Pensionär. Düster beäugt Sue ihn im Vorbeigehen – rauscht wie eine seltsame Brise vorüber – und jetzt weiß er, dass er sich womöglich ein bisschen vor der knopfhübschen Sue fürchtet.

Und was hat Sie zu diesen Leuten gebracht?

Eben noch war ich im Saint Hilary's, sagt sie.

Im scheißverdammten Hilary's?

Und im nächsten Moment treffe ich diesen Typen im Zug.

Typ im Zug? Das geht nie gut, Sweetheart.

Stellt sich raus, er ist Joe Director.

Liebe und Schicksal, sagt er.

Und warum genau sind Sie hier?, fragt sie.

Ich stelle mir empört dieselbe verdammte Frage, Sue.

Von oben ist ein mächtiges Schweinegeblaff zu hören – das Amethyst tut den Nerven nicht gut – als Joe Director hart, sehr hart mit dem jungen Frank zur Sache geht; er hört Frank stottern, und er hört sein Schreien.

Und Sie glauben, dieser Kram bringt Ihnen was, Sue?

Wenn man's nicht rauslässt, vergiftet und verstopft es einen.

Hab ich früher auch gedacht.

Früher?

Er verdreht ein Auge zum anderen, macht Faxen für die blöde Kleine – und bringt Sue halbwegs zum Lächeln.

Wo hat er Sie nun wirklich aufgegabelt, dieser Joe?

Sie strahlt was Arrogantes aus, eine Art Leuchten – der Sternenglanz der Jugend – und es erhellt die Schlupfwinkel ihres waldelfischen Gesichts.

Ich hab's Ihnen doch gesagt. Ich war schon immer auf dem Weg hierher.

Sie geht zur Treppe. Wirft ihm einen lang anhaltenden Blick zu, ehe sie um den Absatz biegt. Verschwindet oben in dem merkwürdigen Zimmer. Und die Schreie in dem Zimmer verklingen zu Schluchzen, zu Stöhnen, als ihre Stimme sich unter die anderen mischt, und er kann ein neues Flüstern hören, schnell, dringlich, fast wie von Liebe.

Er sitzt onkelhaft in dem bequemen, klammen Sessel.

Als Nächstes ein mächtiges, manisches Türenknallen, dann ein Auftritt –

Die Rückkehr von Cornelius.

Das Amethyst kennt keine Langeweile.

Nicht gut, John. Überall in der Provinz Connaught wimmelt es von Pressefritzen wie von verflucht hirnlosen Maden.

Cornelius, heiser wispernd –

Ich meine, da ist ein ganzer Zirkuszug von diesen Schissern. Sie kampieren in Mulranny. In der Stadt Newport. Und in Westport wuseln sie wie Fliegen über fauliges Fleisch. Wimmelt in der ganzen Gegend von denen. Gibt kein Boot auf der Clew, auf dem keine Kamera wär. Ist momentan unmöglich, auf profane Weise zur Insel zu kommen. Sind vielleicht sogar schon auf der Insel selbst.

Wedelt hoffnungslos mit den Tatzen in der Luft –

Wir wissen es einfach nicht, John.

Der mit übergeschlagenen Beinen in seinem Sessel hockt, ganz der grummelige Chef, einen Brandy in der Hand, einen schweren Schwenker voll mit bernsteinfarbenem Meer –

Scheiße, und jetzt, Cornelius?

Wir werden Sie wohl noch ein Weilchen hierbehalten müssen. Was ja nicht so schlimm wär, oder?

Von oben –

Ein Kreischen.

Ein Schrei.

Ein Urschrei.

Er schwenkt den Brandy, zeigt mit einem Kopfnicken zur Tür.

In den Garten, Cornelius. Bitte.

Sie haben mich in diese Scheißlage gebracht, mein Lieber.

Wie das, John?

Sie haben mich in dieses Irrenhaus geschleppt!

Ach, nun aber mal halblang.

Ich will hier weg – und zwar sofort!

Das könnte ein Problem werden, John.

Sie halten ihr Stelldichein an einem alten Gatter gleich neben dem Seiteneingang des Hotels. Das fünfholmige Tor tönt hohl im Wind. Es scheint, als konferierten Hecken, als flüsterten die Sterne und stöhnte das düstere Meer.

Bringen Sie mich von dieser verdammten Insel, Cornelius.

Durch die Holmenzwischenräume spielt der Wind sacht eine seltsam schiefe Melodie – eine Arabeske.

Können Sie nicht mal nachsichtig mit sich sein, John? Wenigstens ein verdammtes Mal in Ihrem Leben?

Eine eigenartig widerhallende Musik bläst durch das Gatter.

Ich habe da kein gutes Gefühl, Cornelius.

Das könnte auch wegen sonst was sein, das hier in der Gegend rumschwebt. Wer es bis ans andere Ende von Achill Island schafft, ist weitab der Straße.

Was soll denn der Scheiß heißen?

Das hier sind reine, aufgeschlossene Menschen, John.

Cornelius?

Schluss jetzt. Beruhigen Sie sich. Und hören Sie ... Okay?

Der Wind spielt ein Nachtlied durch die Gatterholme, und Cornelius steht da wie erstarrt, die Hände in die Höhe gereckt –

Hören Sie's?

Cornelius …

Hören Sie's, John?

Die merkwürdigsten Töne musizieren durch die Luft.

Vielleicht, sagt er.

Schrecklich traurig, nicht?

Ja, aber wo kommt die Trauer her?

Von hier. Aus dem Hier und Jetzt. Hören Sie doch. Und wissen Sie, was wirklich komisch ist?

Was?

Könnte sein, dass das gar nicht Ihr Gefühl ist.

Die Luft ist gesättigt und geladen mit dieser Trauer. Er will mitsummen, kann es aber nicht – die Noten fügen sich nicht, nehmen keine Gestalt an.

Verstehen Sie jetzt, wie leicht man sich in diesen Ort verträumen kann, wenn man nur will, John?

Ich finde schon einen Weg zur Insel, John, ich arbeite dran. Noch geben wir uns nicht geschlagen. Ein O'Grady gibt sich eigentlich nie geschlagen. Ein O'Grady könnte flach auf dem Rücken liegen, aufgespießt wie ein Schwein, das Gedärm könnte ihm rausquellen wie ein verdammter roter Fluss – und trotzdem gäbe er sich nicht geschlagen. Nur ein bisschen Geduld, mein lieber John. Bleiben Sie hier versteckt, bis die Luft rein ist. Warten wir einen Tag oder zwei, dann ist die Clew Bay wieder klar wie Kloßbrühe. Jetzt ist Geduld gefragt. Und das hier ist der beste Ort für Sie. Kann Sie ja schließlich nicht mit normalen Leuten allein lassen. Die hier sind von Ihrem Schlag. Entspannen Sie sich einfach, ich komme bald zurück. Ich bringe Sie noch zu Ihrer Insel, John.

Ein Kessel Ziegencurry köchelt auf dem Küchenherd. Darin Horn, Pheromone und schwarze Magie. Frank rührt, Frank probiert; Frank wirkt leicht verdutzt. Frank ist auch der für die Kichererbsen verantwortliche Küchenkapitän.

Das reicht ja für eine ganze Armee, sagt John.

Frank hat ein Erster-Weltkriegs-Gesicht. Er lächelt matt, nimmt die Schüssel mit den Kichererbsen und stellt sie aufs Abtropfbrett. Zwischen Daumen und Zeigefinger verzwirbelt er das Ende eines aschgrauen Haarstrangs. John merkt dem Jungen an, dass er zugleich hier und nicht hier ist – an seinem Verstand wurde herumgedoktert und -gefrickelt.

Heute Abend hat man Sie ganz schön in die Mangel genommen, nicht, Frank?

Wurde ein bisschen haarig, ja.

Und wie geht's Ihnen jetzt?

Frank schnuppert, als könnte ihm die Luft Rat geben, fischt ein Feuerzeug aus der Tasche, fackelt die Haarspitzen ab.

Kann so oder so laufen, John.

Der Krieg hört nie auf, oder, Frank?

Mit einem kaum fertig, sagt er, kommt gleich das nächste.

Ist wie Linoleum verlegen, sagt John. Geht's da oben im Zimmer auch gewalttätig zu?

Fehlt nicht viel.

Frank schiebt sich probehalber eine Kichererbse ins Maul – er sieht entgeistert drein.

Was genau machen Sie hier, Frank?

Der Junge lächelt. Er hat Milchflaschenschultern und eine Nordenglandvisage, dieses Erster-Weltkriegs-Gesicht.

Wo sind Sie her, Frank?

Aus Leeds.

Ein Tommy im Schützengraben – nimm den Fritz ins Visier.

Mein herzliches Beileid, sagt John.

Und er kann sich die wonnig öde Vorstadt vorstellen – Dad ist Schuldirektor, nicht? – und die wonnig strahlende Mam; sie trägt ein Blumenkleid, sind vom besseren Ende von Leeds.

Ich will mich ändern, sagt Frank.

Ich bin sehr für Veränderung. Jeden Tag in seinem verdammten Leben muss man sich ändern. Darf nicht stillstehen, niemals. Man ändert sich, oder Scheiße auch, man stirbt. Muss man nur selbst zuwege bringen, diese Veränderung, Frank. Kann einem niemand sagen, wie man sich verändern soll, und kann einem auch niemand zeigen, wie man sich verändern soll.

Der Junge kneift die Augen zusammen.

Wissen Sie, was ich machen würde, Frank, wenn ich Sie wäre? Ich würde mir die junge Sue schnappen und meine Siebensachen, und ich würde mich auf den Weg machen, und das verdammt noch mal sofort.

Was gibt Ihnen das Recht, so was zu sagen?

Nichts. Aber sehen Sie sich doch an, Mann. Wie alt sind Sie? Zwanzig, Pi mal Daumen, aber ich find's eine Schande, wie Ihnen der Kopf von diesem alten Keiler verdreht wird, der sich als scheißverdammter Guru aufspielt, als ...

Gibt hier keinen, der den Ton angibt.

Ach, sehen Sie sich doch um, Frank. Verdammt, reißen Sie Ihre trüben Glubscher auf.

Der Junge aber schüttelt nur bekümmert den Kopf und deckt die Kichererbsen mit einem Trockentuch ab.

Gibt bald was zu mampfen, sagt er und geht nach draußen.

Hoch oben in der Ecke schaukelt eine Spinne in ihrem windgeschüttelten Netz, dabei ist nicht mal ein Fenster offen.

Irgendwo dudelt über Hi-Fi eine Drehleier, von anderswo dringt dumpfes Schluchzen herüber.

Nicht gut nicht gut nicht gut.

Nachts schleicht er auf Zehenspitzen heran, um das schlafende Kind zu beobachten. Es hat so eine Art zu atmen, die jede innere Zeit stoppt. Über den Lippen eine Schleimspur – Schneckenschleim, silbrig – die John mit dem T-Shirt-Saum abwischt, ganz behutsam, um den Jungen nicht zu wecken. Die Stadt draußen so leise, wie sie nur jemals sein kann. Der schwarze Atem des Parks. So fällt die Vergangenheit von ihm ab. Er bleibt möglichst leise, wagt kaum zu atmen – und endlich lässt er sie tatsächlich hinter sich, die Vergangenheit – und der Kleine klappt ein verklebtes Auge auf – lautlos – linst ihn an – und in Liebe nimmt er ihn in den Arm, und zusammen stehen sie im Blau der Nacht hoch über den Straßen, überm Park, und einen Moment lang ist die Stadt so leise, wie sie nur jemals sein kann, und auf all die üblichen Arten und Weisen sind sie liebestraurig und dem Untergang geweiht.

Joe Director tappt in flatterndem Gewand leise durch die Lobby. Scheiße, nein, er schwebt geradezu durch die Lobby. Anmutig hält er eine kleine marokkanische Teekanne in der einen, eine kleine Schmalfilmkamera in der anderen Klaue. Er soll bloß aufpassen mit dieser verdammten Kamera. Joe Director seufzt, sogar im Gehen, und während er näher kommt, verändert sich irgendwie die Luft. Er übt einen seltsamen Druck auf sie aus, wie ein Gespenst.

John, mein Junge, sagt er. Noch einen Absacker?

Wir hocken über unseren Nesseltee gebeugt. Von diesem verdammten Tee gibt es im Amethyst Hotel jedenfalls genug. Wir sitzen und nippen sittsam unseren Tee im Zauber der behaglichen Mitternachtsstunde. Joe Director reckt sich und gähnt; er hebt die patschigen kleinen Füße und rudert eine Weile damit in der Luft, dann lässt er sie erschöpft wieder sinken.

Müde, Joe?

Zum Umfallen, sagt er.

John spürt, wie sich ihm der Magen zusammenzieht. Irgendwas schwingt hier im Ton mit, im Zungenschlag, klingt in den watschligen nördlichen Vokalen an. Irgendwas stimmt nicht ganz. Wir hocken da in der Lobby und warten wie ein Paar reichlich verstörter Gäste. Vielsagend stellt Joe die Kamera zwischen ihnen auf den Boden und beginnt bedächtig, eine Version seiner selbst zu erzählen. Er erzählt von den vielen irren Schwestern, den vielen wilden Brüdern, alle zusammengesperrt wie Frettchen in einen Sack, und das war in einem Nichtshaus an einer Nichtsstraße, und es geschah unter Kohlequalm, unter dem Himmel von Lancashire, und

– Nesseltee, ein vorsichtiger Schluck; gleich salbadert er weiter –

in den besetzten, schimmligen Häusern der Stadt London – in irgendeiner grässlichen Gegend, war es nicht Ealing? – und in dem Zeltlager in Spanien, bei den Hunden, dem Müll, den Eidechsenfrauen und den Babys mit Sternen statt Augen

– Entschuldigen Sie bitte. Joe? –

und dem schwarzsandigen Strand im Winter – all der Müll – dann die verlorene Zeit in Marokko – Gewisper in der Medina – aber John kümmert es kaum, ob irgendwas davon wahr ist oder nicht, er will es nur erzählt bekommen; zufällig interessiert er sich nämlich für solch arrogante Freaks.

Wir sind, was wir zu sein vorgeben, nicht wahr, Joe? Am Ende?

Das gefällt ihm nicht – das Lächeln dünn, grau, katzenhaft.

Sie leben schon eine Weile hier draußen, nicht, Joe?

Schon jahrelang.

Das Lächeln wird wärmer, ein Handgelenk geschüttelt.

Kommt einem vor wie nichts, solange man nur beschäftigt ist.

Sie wissen von meiner Insel, Joe?

Ich kannte ein paar von den Leuten, die Sie mal drauf wohnen gelassen haben.

Die Diggers?

Eben die.

Hab gehört, es hätte da einen Brand gegeben.

Hab ich auch gehört, John.

Er fischt nach einem Feuerzeug und wickelt sich einen Strang seiner drahtigen Haare um den dicken Daumen; er steckt das Ende an. Die harsche Note des bitteren Geruchs flammt durch die Luft.

Joe?

Er greift nach der Kamera, richtet sie auf ihn, und mit einem Daumenschnippen beginnt sie zu surren.

Nein, danke, sagt John – er hebt eine schützende Hand.

Nicht mal ein kurzes Hallo, John?

Stellen Sie das verdammte Ding ab.

Könnte immer noch irgendwo da draußen sein – da oben in der Habe eines alten Freaks, oder im spinnwebigen Netz, nur ein paar Sekunden am Ende der Rolle, wo der hochgewachsene Mann, ausgezehrt vor Müdigkeit, die Handfläche gegen die Linse drückt und sie entschieden, zornig beiseiteschiebt, und der Keiler von Mann kichert, und es ist nach

Mitternacht im Amethyst Hotel – huschen da Hexen über den Strand? – und alle Sterne leuchten, und der Mars ist ein trübes Feuer am östlichen Himmel.

Wieder nippen sie an ihrem Tee, wieder beginnen sie zu reden.

Ich hatte Glück im Leben, John, hatte meinen Engelsanteil, aber dass Sie hier in unserem bescheidenen Haus auftauchen? Also, das ist wirklich was ganz Besonderes.

Er klingt irgendwie arrogant, und dann dieses Wildschweinlächeln, und jetzt die Frage, ganz wie erwartet –

Wollen Sie nicht auch mal nach oben ins Zimmer, John?

Er sagt –

Joe?

Ja?

Haben Sie eine Ahnung, wie lange es dauern wird, bis Cornelius zurückkommt?

Manchmal läuft er an jenen biblischen Nachmittagen durch die Straßen, an denen ein mächtiger Wolkenbruch auf die Avenuen niedergeht, an denen es schüttet wie aus Kannen, Kübeln, Eimern, an denen die Menschen im heißen Wind aus den Tunneln zu seltsam verrenkten Vögeln werden, die es in die schwarzen Mäuler der Subways saugt; Nachmittage, an denen Taxis durchs verwaschene Gelb und den Dunst der Straßen rauschen, an denen der Regen die Farben aus den Straßen wäscht, sie verschmiert; dann steigt er von seinem Adlerhorst herab und läuft eine Weile durch die Straßen, und er ist glücklich in seinem alten Regenmantel, den Hut tief ins Gesicht gezogen – wie eine Comic-Ente sieht er mit dem gelben Südwester aus –, und eine Weile streunt er über den Meeresgrund der Stadt, hält ein Schwätzchen mit dem Krebsgetier – hallo? – und wandelt zwischen den Straßenpfützen und all den Verrücktheiten – für drei Scheine hat er den Hut von einem chinesischen Typen gekauft, an dessen Stand im Park – mitten zwischen den Krebsen, den Verrückten – und einmal sprach er mit einem türkischen Jungen, der nur noch einen einzigen gelben Wackelzahn und einen Mund hatte, der ihm wie mit dem Beil ins Gesicht geschlagen war, und der ein T-Shirt trug, auf dem *Galatasaray* stand – und eine Weile fühlt es sich dann aufs Neue wie seine ureigene Stadt an, sein Ort, und vielleicht kann er hier wieder arbeiten, wieder atmen und wieder schreiben, ohne in der verdammten Vergangenheit eingesperrt zu sein – kann wieder spielen – ohne dass er an die Vergangenheit gekettet wäre – kann wieder schreiben – unangekettet an die Vergangenheit, an das immergleiche alte Lied –

La-di-da

La-di-dum-dum-da.

Am Tisch –

sitzt Frank.

Sitzt Sue.

Sitzt Joe Director.

Es ist zwei Uhr morgens. Es ist die frühe Maienzeit. Es ist ein wispriges altes Esszimmer. Da steht der Pott mit Ziegencurry, und da steht eine riesige Holzschüssel voller Kichererbsen, gewürzt mit Minze und Petersilie, und da stehen Flaschen mit kaltem Madeira. In die Maserung des Holztisches sind die Worte

SCHWARZES

ATLANTIS

geritzt, und von der Hi-Fi säuseln versoffene Sitarklänge herüber – seit einem Dutzend Jahren läuft er vor den verdammten Sitars davon. Löffelt das Curry aus dem antiken Delfter Blau. Schmeckt höllisch gut.

Junge, sagt Joe, ist das zart.

Trinkt den kalten süßen Wein – ein sehr leckerer alter Wein. Lass die Nacht ruhig ein wenig ausklingen. Mach dich lockerer. Das Delfter zeigt ein kleines holländisches Kind. Die Sorte Finger-im-Deich-Kind. Wie hieß es noch gleich? Draußen spannt sich die fahle Nacht über den Himmel.

Black Atlantis, Joe?

Joe Director nickt finster.

Liegt draußen vorm Fenster, John.

Joe Director ist ein Keiler.

Frank ein Wolf.

Sue eine Elfe.

Und John?

Ich hab mir meine eigene Muschel geschaffen –

ich bin die Venusmuschel,
die gemeine Seepocke,
der Schlangenstern.

Möchten Sie mit rauf ins Zimmer kommen, John?

Nein, möchte ich nicht.

Wollen Sie es mit dem Schimpfen nicht wenigstens versuchen, John?

Nein, das will ich verdammt noch mal nicht, denn seit ich hier sitze, ist mir klar geworden, dass ich nicht mehr urschreien und schimpfen muss, denn ich weiß, wer und was ich bin, und ich bin verdammt noch mal ein erwachsener Mann. Ich brauch den Scheiß nicht mehr.

Ach kommen Sie, John ...

Hören Sie, sagt er. Irgendwann haben Sie sich genug geöffnet und können es verdammt noch mal einfach gut sein lassen. Aber machen Sie ruhig, was immer Sie machen müssen, um die Nacht rumzubringen. Lassen Sie sich durch mich nicht abhalten.

Wollen Sie nicht mit uns einen Kreis bilden, John?

Danke, aber alles bestens.

Nicht doch ein bisschen schimpfen, John?

Ich habe nein gesagt! Ich will verdammt noch mal nicht schimpfen!

Tun Sie nichts, was Sie nicht tun wollen, John, mein Junge.

Na, dann ist ja alles gut.

Er trinkt ein bisschen und raucht ein bisschen und lässt sich treiben. Das Mondlicht bricht in hexenhaften Strahlen durch. Er denkt –

Was, wenn wir wirklich davonliefen? Sagen wir, nach Buenos Aires zu einem geheimen Anwesen mit hohen Toren und Hector als Wächter mit Schnauzer und MP. Oder doch lieber ein winziges Lehensgut irgendwo im Dschungel – ich als Kurtz? Oder die Wüste? Oder wie wär's mit Berlin in einer alten Fabrik voll mit subkutan spritzenden Schranzen? Wie mit Budapest? Wie mit dem verdammten Barnsley? Meinetwegen können wir auch flussaufwärts ziehen oder in den Untergrund, oder als Viehhirte nach Patagonien – da unten gibt's natürlich jede Menge Waliser, diese verdammten Taffs, die sind doch überall – oder sagen wir, er klammert sich eben an so einen Fels mitten im schwarzen verdammten Ozean

Taffy was a Welshman, Taffy was a thief

sein ureigenes winziges Atlantis

sangen wir als Kinder, sangen wir auf den Straßen

seine verkarnickelten neunzehn Morgen – oder wie wär's mit einer verdammten Forellenfarm in Wales – einen auf Roger Daltrey machen – und hoffentlich geht dann nicht ...

Wo sind Sie hin, John?

Es spricht Joe Director.

Was?

Sie weilen nicht mehr unter uns, John. Es mag zwar den Anschein haben, aber der trügt. Das Amethyst ist zu klein für Sie, John.

Frank und Sue sind still, lächeln, beobachten.

Kommen Sie mit rauf in den Kreis, John.

Scheiße, nein.

Wie wär's mit Schimpfen, John?

Ihr seid ein Haufen verdammter Hinterwäldler.

Jetzt kommen Sie schon, John.

Es ist 1978!

Wir könnten nach oben ins Zimmer gehen, John.

Mit dem Kram bin ich durch. Ich bin fertig mit all dem Sichöffnen und Ausbluten.

Wir könnten einfach aufs Zimmer gehen.

Kommen Sie, John, sagt Sue, und sie steht auf, eine Elfe, und sie hält seine Hand in ihren Händen, die Berührung so sanft.

Kommen Sie, John, sagt Frank, ein junger Wolf, und er steht auf und geht.

Es ist an der Zeit, John, sagt Joe Director. Gehen wir rauf.

TEIL VIER

Schimpfen

Fahle Nacht.

Ein Zimmer oben im Amethyst Hotel.

Früher ein Tanzsaal, still und unsichtbar walzen dessen Geister noch über die alten Dielen.

Heiser raspelt draußen das Meer wie nächtlich geflüsterte Liebe.

Der Raum ist karg, aber an die Wände sind okkulte Symbole gepinselt.

Auf dem Fußboden in einer Ecke des Raums brennt eine langstielige Kerze auf einer Untertasse aus holländisch gemustertem Porzellan – die Flamme stottert und wabert im Luftzug, und das rote Wachs schmilzt zu Kügelchen, die Pfützen formen, ehe sie auf dem verblassten Delfter Blau erkalten.

Die Symbole an den Wänden sind rot wie Blut.

Das Licht der Kerze schimmert gelblich matt und kommt kaum gegen das fahle Blau der Nacht an.

Offene hohe Fenster lassen die Nacht herein.

Nur undeutlich sind im Schein des Kerzenlichts fliegende Motten auszumachen.

Joe, Frank, Sue und John hocken in einem Schimpfkreis auf den Dielen.

Die erste Stunde ist rum, und mit dem Schlimmsten sind sie schon durch –

JOHN Halten Sie Ihre verdammte Fresse, hab ich gesagt, Sie kleine verfluchte elfenfratzige Hexe!

SUE Mann, warum halten Sie nicht einfach Ihren verdammten Rand, Sie verlogenes Rattengesicht!

FRANK Härter, Sue!

SUE Was sind Sie denn, John? Wollen Sie wirklich wissen, was Sie sind?

JOHN Ach, verpissen Sie sich! Ich meine, was verdammt noch mal gibt Ihnen das Recht? Ziehen Sie Leine!

SUE Sie sind nämlich ...

JOHN Rauf auf den gottverdammten Scheißbesenstiel, mit dem Sie hergeflogen sind!

SUE ... eine verdammte Saugmaschine, bloß ein stinkreicher zerknirschter Pinkel auf Sauftour. Kommt hierher ...

JOHN Das geht besser, Sue.

SUE ... Und wie Sie auf uns herabsehen? So schnöselig. Wo Sie doch der sind, der zu uns kommt? Sie mit Ihrer hochnäsigen Quengelschnauze, Ihrem verfluchten Quengelschnabel, ganz verquer vor lauter oh und ...

Die Attacke lässt in Sues Nacken dicke Adern anschwellen; deren blaues Pulsieren wirkt wie von einem Alien; sie wird lauter.

SUE ... immer nur Gib-mir, Gib-mir, Gib-mir, was anderes kriegen Sie nicht über die Lippen, immer nur Wollen, mit jeder Ihrer verfluchten Zellen immer nur Gib-mir, Gib-mir, Gib-mir – Sie sind ein verdammter Blutsauger und paranoid und fordern es mit jedem Blick – saug-saug-saug – macht ja für mich alles einfach, sanft und angenehm ...

FRANK Blutsauger kommt angekrochen.

SUE ... was anderes geben Sie nicht von sich, Sie verdammter Egel ...

JOE Saug ihm das Blut aus.

SUE ... und erklären Sie mir das, erklären Sie's mir, sagen Sie mir, ich hätte alles richtig gemacht, na los, sagen Sie, dass ich nie wen enttäuscht habe, niemals, nur zu; dabei kapieren Sie nicht mal, dass Sie selbst der größte Arsch sind, der je auf zwei Beinen herumgelaufen ist; Sie sind nur ein verdammter ...

Sue beginnt zu weinen.

SUE ... nur ein verdammter ...

FRANK Ein verdammter, quengeliger, hakennasiger Bastard.

Ein Urschrei von Frank.

Sue geht auf die Knie und macht schwanzlutschende Bewegungen – hohle Hand, ratternder Kolben – und urschreit, und verdreht die Augen, bis nur noch das Weiß zu sehen ist, und aus ihren innersten Hohlräumen heraus brüllt sie ihn an –

SUE Gib gib gib! Saug saug saug saug saug! Sie sind so ein Scheißwurm!

JOE Härter, Sue?

FRANK Sei härter zu Scheißwürmern.

Joe Director legt die Hände auf den Bauch, versucht ein Glucksen zu unterdrücken, der stolze alte Keiler.

Sue atmet heftig durch die Nase aus und sinkt zurück in eine Sitzhaltung; sie lässt alle Luft ab und wischt sich die Tränen aus dem Gesicht.

John hebt die Hände hinter den Kopf und verschränkt die Finger; sein Lächeln ist tauklar, amüsiert, morgenfrisch.

JOHN Da müsst ihr schon was Besseres bieten, Leute. Was viel Besseres.

Sue lächelt und schüttelt den Kopf – John blinzelt ihr zu – daraufhin streckt sie ihm die Zunge raus und lädt ihre Augen mit Schweinischem auf. Sie senkt die Stimme um eine Oktave – jetzt klingt sie kehliger, rauchiger.

SUE Ich weiß verdammt genau, was Sie wollen.

JOHN Ach, das geht besser! Bitte! Wissen Sie, mir wurde schon das Schlimmste an den Kopf geworfen. Und das von scheißechten Irren.

SUE Reden wir von Fotzen.

JOHN Sie sind so verdammt durchschaubar.

SUE Fick mich fick mich fick mich. Das wollen Sie doch hören, John, nicht? Reden wir über die Liebe.

JOHN Benimm dich, Kind.

FRANK Und los geht's.

SUE Sie wollen einen wegstecken, John, nicht?

Sie legt eine Hand auf ihren Brustkorb – zerbrechlich wie der eines Vogels unter ihrer Brokatbluse – und trommelt mit den winzigen Kuppen ihrer Fingerspitzen darauf.

Frank urschreit.

Joe Director schüttelt den Kopf und zieht eine finstere Miene. Er ist ein wütender alter Keiler, aber er redet leise.

JOE Jetzt hört mal zu. Ihr beide? Frank und Sue, verdammt! Ihr klingt, als wärt ihr sexuell frustriert. Man könnt glatt glauben, ihr wärt zu kurz gekommen. Bist du zu kurz gekommen, Frank? Bist du frustriert, Frank? Bist du's?

Joe Director steht auf, durchquert den Kreis und verpasst Frank einen harten Hieb an den Kopf; der Junge wimmert und weicht zurück.

Joe äfft sein Wimmern nach; auch Sue äfft sein Wimmern nach.

FRANK Verdammt, ich bin nicht zu kurz gekommen!

JOE Ach ja? Und was ist mit dir, liebreizende Sue?

Joe Director wiegt ausgelassen die Hüften, während er Frank mit der Hand auf der Stirn zu Boden drückt, und dann brüllt er –

JOE Hast du verdammt noch mal nicht genug, Sue? Ich frag dich, hat dich lange keiner mehr richtig durchgeorgelt? Hat's dich lange nicht mehr gut geschüttelt?

SUE Verpiss dich, du fetter kranker Schwanz!

Joe schlägt ihr ins Gesicht.

Frank urschreit.

John denkt: Nette Gesellschaft heute Abend.

Sue macht Sexlaute – ein Schokogestöhn.

John denkt: Die Leute sind die ganze Woche hier.

FRANK Ich glaub, John-John muss dringend mal einen abschütteln.

JOHN Okay! Kinder! Genug! Bitte! Und hört mir verdammt noch mal zu! Wollt ihr wissen, was ich verdammt noch mal von euch denke? Ich denke, ihr solltet hingehen und euch für ein Scheißbuchhaltercollege einschreiben! In meinen Augen seid ihr nämlich nur ein Haufen blöder Hinterwäldler! Ich meine, wir haben das Jahr 1978!

FRANK Wir verstehen ja Ihr Problem, John.

JOHN Ach ja? Meins? Ich soll ein Problem haben?

Joe Director hockt sich wieder hin; seine Augen blitzen, aber er setzt ein Lächeln auf und sagt leise –

JOE O ja, Sie haben ein Problem, John. Glauben Sie's nur.

Ein langsamer Takt Stille folgt.

Es ist, als würde die Luft knapp – der Raum fühlt sich so angespannt an wie eine straffe Trommel.

Hinter den hohen Fenstern ächzt einen Moment lang die Nacht: Dies hier ist Achill Island in der Maienzeit des Jahres 1978.

Streifen von irisierendem Nachtgrün färben unten die Wasserrippen.

Vor der fahlen Nacht heben sich die Silhouetten der Hügel ab.

Irgendwo singt eine Amsel.

Und dann erscheint, von den Schimpfern unbemerkt, ein Daumenabdruck in der sich erhärtenden Wachspfütze auf der Delfter Untertasse.

John sagt mit kalter Stimme –

JOHN Ich denke wirklich nicht, dass ihr dem hier gewachsen seid. In Wahrheit seid ihr doch bloß ein Haufen verdammter Amateure. Ich finde, ihr geht wie nach dem Handbuch vor. Und ich glaube nicht, dass ihr damit bei mir durchkommt. Ich meine, absolut verdammt noch mal überhaupt nicht. Denn mein altes Fell? Mein Fell ist eine verdammte Lederhaut.

Wieder weht eine Brise durch den Raum; man hört das Seufzen der See.

JOE Mit nichts drunter, John?

SUE Nee, da ist nur ein verdammter ...

Sue beißt sich auf die Lippen, sucht nach dem richtigen Wort.

SUE Hohlraum.

Sie schließt die Augen – John überläuft es kalt, ein eisiger Hauch – und dann kommen die Worte, rabiat, superschnell, wie Maschinengewummer:

SUE Steckt doch nichts dahinter bei Ihnen, John, nur Angst, all diese Angst, und wir können sie sehen, die Angst, alles in Ihnen dreht sich um Angst, und wir können sie riechen, diese Angst und ...

Die Adern an ihrem Hals pulsieren wieder blau.

SUE ... Sie wollen nur, dass andere geben geben geben und dass wir diesen ganzen Scheiß gutheißen, den Sie getan und gesagt haben, und Sie wollen, dass wir Ihnen sagen, ach John, John, all Ihre Entscheidungen waren die richtigen, John, und nie haben Sie irgendwem weh tun wollen, aber die Wahrheit ist, Sie sind ein verdammter Verräter, John, und Sie sind ein Lügner, John, und so ein Schleimscheißer, Sie leben doch nur von der Energie anderer Leute, John ...

JOHN Damit kommen Sie im Leben nicht zu mir durch.

SUE ... Sie schmarotzen doch nur, und Sie haben alle enttäuscht, die je an Sie geglaubt haben; und Sie sind so was von vorgestern und so verdammt unbedeutend, genau das sind Sie, John-John ...

FRANK Ein verdammter winselnder Wurmsack, John.

Sue stimmt einen Urschrei an, der ihren Brustkorb unterm enganliegenden Brokat erzittern lässt; mit einem grimmigen Nicken signalisiert Joe Director Zustimmung.

JOE Kommt wohl tief unten aus dem Geschlecht, Sue, Kleines, wie?

Joe Director brummt mit den Lippen wie ein Motor, steigert das Geräusch zu lautem Grollen und schafft damit einen neuen Rhythmus; John verdreht ein Auge zum anderen, voller Verachtung für diese Hinterwäldlerszene; schließlich ist es das Jahr neunzehnhundertscheißachtundsiebzig.

JOHN Schätze, so kriegt man auch einen Abend rum.

Sue steht auf, und wieder weint sie, als sie den Kreis durchquert – Widerhall ihres Unwohlseins – und sie brüllt John direkt ins Gesicht:

SUE Sie sind nichts weiter als ein verfickter ...

aber John bleibt ungerührt, schmallippig, abgebrüht.

JOHN Ich weiß. Ein Hohlraum. Haben Sie schon gesagt.

Sue macht Anstalten, ihn anzuspucken, aber sie spuckt nicht; sie zieht sich zurück und setzt sich wieder.

JOHN Und vielleicht liegen Sie da gar nicht so falsch, Kleines.

Joe Director wiegt sich vor und zurück, mustert John mit sanftem Blick. Wie Honig versüßt Mitgefühl seine Worte:

JOE Sie haben Ihre Mam verloren, nicht, John?

JOHN Ach Scheiße, das nicht auch noch.

JOE Muss ein ziemlich einschneidendes Ereignis in Ihrem Leben gewesen sein. Sie haben viel darüber geredet.

JOHN Eigentlich war ich auf Mitgefühl aus, Joe. Hab mich über die gängigen Sentimentalitäten lustig gemacht. Ist nämlich ein Scheißdreck, dieses Gefühl. Ein verdammtes Beruhigungsmittel. Hält dich zurück und hält dich bedrückt.

Kurzer Synapsenbrand eines Mottenflügels über der Kerzenflamme – ein Proteinzischen.

JOE Es heißt, sie sei ziemlich scharf auf Kerle gewesen, Ihre Mam. Muss verdammt weh getan haben, John.

JOHN Und Sie meinen, es kümmert mich einen feuchten Dreck, was irgendwelche verschissenen Zeitungen über sie schreiben?

JOE Ist bestimmt hammerhart, John. Diese Aufdringlichkeit.

JOHN Und Sie meinen, ich geb einen verfickten Scheiß auf die verfickten *News of the World*?

JOE Wie hat sich das angefühlt, John?

JOHN Ich weiß, was ich von denen zu halten habe, Joe. Ich weiß auch verdammt noch mal, wer ich bin. Und ich weiß, was für einen Dreck ich von diesen versifften Schweinen mit ihren verschissenen Schreibmaschinen zu erwarten habe.

Joe Director dreht eine Handfläche nach oben und versucht ihn zu beschwichtigen.

JOE Wir wollen Ihnen doch nur ein bisschen unter die Haut gehen, John. Entspannen Sie sich.

JOHN Ich bin so was von verflucht entspannt, das glauben Sie gar nicht.

JOE Wenn das so ist ...

Joe deutet auf Sue.

Johns Herz flattert schnell und heftig wie ein gefangener Vogel.

Sue steht auf, durchquert den Kreis und baut sich wutfunkelnd vor John auf.

Joe Director schlägt auf den Boden.

JOE Nur zu, Sue!

Sachte legt sie eine Hand an Johns Gesicht – er schüttelt sie ab.

JOE Passt es Ihnen nicht, John, wenn man Sie anfasst?

JOHN Verpisst euch.

FRANK Nur zu, Sue.

Mit ihren blütenblättrigen Fingern streichelt Sue Johns Nacken. So weich. Wieder überläuft ihn ein eisiger Hauch – die Frau ist dermaßen aufgeladen, dass er ihre seltsamen Vibrationen spüren kann; sie stammen von waldigen Orten. Sue ist eine Elfe, in ihren Fingern pulsiert das gebündelte Grün Englands.

JOHN Verdammt, Kleines, ich flipp hier gleich aus.

Windraspeln, Meeressäuseln.

Und Sue fährt ihm leichthin mit dem Daumennagel über die Lippen.

JOHN Ich sagte, Kleines, würden Sie sich bitte verdammt noch mal verpissen?

Aber sie beugt sich noch weiter vor und zielt mit ihrem Liebchenhauch auf seinen Hals – Atem der See – und sie riecht nach Kamille, nach grüner Jugend, nach Koksbase.

JOE Nur zu, Sue.

FRANK Nur zu, John.

JOE Was hat Ihnen Schüchternheit je gebracht, John, mein Junge? Ficken Sie die kleine Hexe.

Sue kommt wieder näher. Sie tut, als wollte sie John küssen – unscheu wagt sich die Zungenspitze vor – aber John erhebt sich – John steht bereits – und raschen Schrittes läuft er über die Dielen des Amethyst.

JOHN Sie sollen sich verpissen, hab ich gesagt.

Aber Sue folgt ihm, übertrieben theatralisch, die Hände in die winzigen Hüften gestemmt, ganz die Lady – Lady Godiva, ein einziges Wiegen und Wackeln – der reinste Hohn.

JOHN Ich sagte, benehmen Sie sich, Hexe – und verpissen Sie sich.

SUE Sagen Sie doch einfach, dass Sie mich nicht wollen, John.

JOHN Ach, jetzt kommen Sie schon, Kleines! Ich könnte Ihr verdammter Dad sein!

SUE Wovor haben Sie Angst?

JOHN Vor zehn verschiedenen Sorten Tripper!

JOE Lass ihn in Ruhe, Sue, und setz dich erst mal wieder.

Sue schmollt und zieht eine Schnute; sie weicht zurück und setzt sich, das ausgeprägte Kinn keck gereckt; Lady Godiva.

JOE Ich finde, wir sollten daran denken, dass John leidet. Vergessen wir nicht, was für ein berühmter Mann er ist. Das sollten wir nie außen vor lassen. Hat nämlich wirklich was bewirkt, unser John. Mit seinen kleinen Fernsehauftritten. Seinen hingesäuselten Reden, seinen verdammten Songs und ...

John schüttelt den Kopf und lächelt. Er driftet in jene Ecke des Raums, in der die Kerze brennt, sieht in die Flamme und betrachtet die erkaltenden Wachsperlen auf der Delfter Untertasse – da ist ein Daumenabdruck im Wachs.

JOHN Diese verdammte alte Leier.

John geht zurück in den Kreis und setzt sich wieder; er lächelt – als glitte alles an ihm ab.

JOE ... seinem Hass auf sich selbst und auf alles, das ihn geprägt hat, denn jetzt ist er nichts mehr, rein gar nichts mehr, nur ein verdammter reicher Wurm ...

Joe schließt die Augen, sucht nach Worten: Joe Director ist charismatisch, wildschweinfett und scheißdüster.

Joe ... ein verdammter neureicher irischer Bauernwurm, ein Spasti mit Schwuchtelflossen und ...

JOHN Ach, leck mich!

SUE Wir kommen näher.

JOE ... seine Angst, die ganze Angst, die ihn quält ...

JOHN Ach, leck mich doch, fetter, verfickter Schwachkopf.

FRANK Die Wahrheit ist grausam, John.

JOE Sehe ich da ein bisschen Farbe auf Ihren Wangen, John?

JOHN Ihr wisst einen Scheißdreck über mich!

John steht wieder auf und geht zu Joe Director, und jetzt gibt Frank einen Urschrei von sich, und jetzt trommelt Sue mit den flachen Händen auf den Boden und urschreit auch.

JOHN Verdammt, ihr wisst nicht das kleinste bisschen über mich! Nicht das geringste bisschen, sag ich! Ihr vergesst, wie oft ich das schon durchgemacht hab. Monatelang habe ich mich selbst beharkt, und das verdammt hart, mit den allerbesten Leuten. Ich hab mich mir härter vorgeknöpft, als es sonst irgendwer könnte! Hab höchstpersönlich mit dem scheißverdammten Dr. Janov zusammengesessen. Er war mein Freund! In Kalifornien …

Sue dehnt das Wort, äfft ihn spöttisch nach –

SUE Kaliforn-hi-hen!

JOHN Und Sie können sich verpissen mitsamt Ihren blöden Titten und Ihren verdammt bescheuerten Elfenglubschern!

JOE Jetzt du, Frank.

Und Frank erhebt sich – Frank steht – und er geht nahe an John heran; Nase an Nase, Brust an Brust stehen sie sich gegenüber.

JOHN Ach, verzieh dich, Jüngelchen!

JOE Nun los, Frank.

Den Jungen umgibt eine Aura drohender Gewalt.

FRANK Nichts als ein winselnder Scheißköter!

SUE Gib's ihm, Frank!

JOE Seien Sie verdammt noch mal ein Mann, John!

John stößt Frank fest gegen die Brust, und er schreit den Jungen an, worauf Frank taumelt, sich zurückzieht und sich wieder setzt; er lächelt.

John atmet schwer, und mit in die Hüften gestemmten Händen nimmt er sie alle in den Blick.

Wie sie glotzen, so selbstgefällig, so erwartungsvoll, so amüsiert: eine Dreierfamilie.

Draußen donnern und brechen die Wellen.

Irgendetwas gibt nach.

JOHN Wollt ihr wirklich wissen, was ich bin? Ja? Also gut, dann erklär ich euch jetzt ganz genau, was ich verdammt noch mal bin. Ich bin die verfluchte Angst. Und ich bin die verfluchte Lust. Und ich bin ein verfluchter Schluckspecht, und ich bin oder war ein verfluchter Junkie, und ich bin ein verflucht trauriger, sentimentaler Scheiß-Scouse, und ich bin auch der ehrgeizigste Arsch, den die Welt je gesehen hat, und ich bin ein eifersüchtiger, habgieriger, hundsgemeiner englischer Dreckskerl, verbittert und voller Scheißgift, voller Scheißwut, aber ich bin auch der gottverdammt süßeste Engel, solange wir verflucht noch mal auf der Welt sind und solange das hier verflucht noch mal dauert, zumindest manchmal; das bin verdammt noch mal ich, und der bin verdammt noch mal ich, und klar vermisse ich meine gottverdammte tote Mam, und klar würde ich am liebsten auf die verfluchten Knochen meines verdammten Alten pissen, weil er Mam nicht oft genug gevögelt und sie verdammt noch mal nicht glücklich gemacht hat, und wisst ihr, wozu mich das macht?

Glückselige Stille – dreifach angehaltener Atem.

JOHN Es macht mich zu einer ganz speziellen gottverdammten Nullnummer!

JOE Klasse, John.

JOHN Mein gottverfluchter Alter? Ich sage euch, am liebsten würde ich runterfahren ins verfickte Brighton oder wo auch immer der Arsch verrottet ...

JOE Sehr schön, John!

JOHN ... um ihm die verdammten Bauernglubscher – oder was davon noch übrig ist – aus den Höhlen in seinem Totenschädel zu kratzen und ihm die Scheißknochen mit den verdammten Zähnen zu zerfetzen, zumindest das, was davon noch übrig ist ...

JOE Nur weiter, sag ich, John. Immer weiter.

JOHN ... und ja, Sie haben recht, Joe. Ich komm nicht drüber weg, wo ich verdammt noch mal herkomme, und ich ...

JOE Wollen Sie nicht doch ein bisschen Koks kokeln, John?

JOHN Nein, verdammt, will ich nicht, das mach ich nämlich nicht mehr, ich hab's auch nicht mehr mit Junkfood, und ich trink kaum noch! Ich bin nämlich ein braver kleiner Junge, der Brot backt, sich hin und wieder eine Kippe gönnt und sich um das Kind und um seinen eigenen Kram kümmert und nur vor der eigenen verdammten Haustür kehrt.

JOE Haben Sie oft schlimme Gedanken, John?

John tritt ans Fenster –

Er beugt sich vor und versucht, alle Luft aus der Nacht zu saugen.

Er spürt einen Atemhauch auf den Wangen, aber das kann nicht sein.

Er öffnet den Mund, will einen Urschrei rauslassen, aber er kann nicht.

Er dreht sich wieder zum Kreis um, zur Dreierfamilie.

Sue wendet die Hände nach außen, zeigt die frischen Narben und Wülste an ihren Handgelenken.

Frank urschreit.

John denkt: Verdammt, was zur Hölle ist das hier, ein scheißverdammter Todeskult, ein verschissener Witz?

Und Sue schreit so heftig, dass sie grüne Galle würgt.

JOE Eine durchaus lobenswerte Anstrengung, Sue.

So viel Barnsley in ihm, so viel Blackburn, auch genug vom Busfahrer aus Lancaster; und Sue steht auf – Sue steht – und sie tritt ans Fenster, und sie speit Kotz und Galle.

Die Vögel draußen verstummen, die Nacht stockt.

Sue kehrt in den Kreis zurück. Sie hat sich beruhigt. John beobachtet sie aufmerksam, während sie sich wieder auf die Dielen setzt.

Jetzt kehrt John in den Kreis zurück und setzt sich ebenfalls.

Er ist ausgelaugt, blass, mitgenommen, geöffnet.

JOE Lassen Sie uns noch ein bisschen über Ihre Mam reden, John.

JOHN Ach, kommen Sie. Ich meine: Ehrlich jetzt? Ich bin siebenunddreißig Jahre alt. Ich bin verdammt noch mal erwachsen. Muss ich denn wirklich ständig über meine verdammte tote Mam und meinen verdammten toten Dad jodeln? Genügt es nicht, dass ich die Hälfte meiner Zeit im Damals verbringe? In den neunzehnhundertscheißverdammten Dreißigern? Kann ich nicht einfach mal mein eigenes Leben leben?

Eine Lufthusche weht durch den Raum; die Kerzenflamme flackert und richtet sich wieder auf.

Leise sagt Joe Director –

JOE Warum erzählen Sie uns nicht einfach was von ihnen, John?

JOHN Aha, verstehe, jetzt versuchen Sie es auf die sanfte Tour, wie?

JOE Tja, warum nicht?

Joe Director nutzt die Stille, die sich im Raum ausbreitet.

Er erwidert Johns Blick und belädt die Bande zwischen ihnen mit Vertrauen – sie halten das Gewicht, zerreißen nicht.

JOE Wovor sollten Sie schon Angst haben, John?

Frank lässt den Kopf an Sues Schulter sinken, und mit den Fingerspitzen streicht sie über sein Gesicht; es schaudert ihn.

SUE Ach, kommen Sie, John.

FRANK Erzählen Sie uns was, John.

Die Stille hält einen langsamen Takt an, dann –

JOHN Seid ihr verdammt noch mal echt?

JOE Das wissen Sie doch. Jetzt los, John.

JOHN Leckt mich.

JOE Ach, los doch!

JOHN Meint ihr das wirklich ernst?

JOE Los doch.

Irgendetwas gibt nach; im Raum wird es heller; John sackt in sich zusammen.

JOHN Was zum Teufel soll ich denn erzählen?

JOE Das Erste, was Ihnen in den Sinn kommt.

JOHN Über die beiden?

JOE Ja.

JOHN Verdammt, ich weiß nichts.

JOE Irgendwas, das Allererste.

JOHN Die beiden waren winzig.

JOE Ach?

Und die Vergangenheit nimmt John ins Schlepptau.

JOHN Wie groß wird er gewesen sein? Höchstens eins sechzig oder so? Weil er als Kind Beinschienen tragen musste. War wirklich ein Scheißkrüppel, dieser verfluchte Freddie. Und sie war noch kleiner.

JOE Ein hübsches kleines Paar. Wo haben sie sich kennengelernt?

JOHN Das weiß ich ... Im Sefton Park.

JOE Ein Quickie im Gebüsch?

JOHN Woher verdammt noch mal soll ich das wissen? Ich meine, egal, was immer man nicht machen sollte, meine Mam hat's getan ... Waren eben leicht zu begeisternde kleine Leutchen, meine Mam und mein Dad.

JOE Zu begeistern? Wofür?

JOHN Die waren immer gleich Feuer und Flamme. Haben verdammt viele Pläne gemacht. Zwei bescheuerte Scheißpläneschmiede.

JOE Was für Pläne?

JOHN Einmal wollten sie zusammen einen Pub eröffnen. Oder war es ein Café? Es sollte Musik geben, Tanz und was weiß ich noch. Die ganze Nacht geöffnet. Sogar von einem verschissenen Kabarett war die Rede.

JOE Erzählen Sie von Ihrem Dad.

JOHN Stammte aus Irland. Wurde wie ein verfluchtes Waisenkind im Bluecoats abgegeben. Soll ich jetzt vielleicht auf die Tränendrüse drücken?

JOE Warum hat er Sie trotzdem so geprägt?

JOHN Woher soll ich das wissen?

JOE Warum haben beide Sie so geprägt?

JOHN Verdammt, woher soll ich das wissen? Weil beide Banjo gespielt haben?

JOE Banjo?

JOHN Banjo! Ich weiß! Die beiden haben Banjo gespielt.

JOE Teufel noch mal! Und? Auch gesungen?

JOHN Sie hat einen auf Vera Lynn gemacht. Er auf Al Jolson.

Die Varietétheater. Der Norden Englands. Die Lancashire-Iren. Die Mopsvisagen. Der Mief von Bier und Kotze. Kippenqualm. Sägemehl. Der Gestank von Pisse und Chips.

JOE Was ist aus ihnen geworden?

JOHN Keine Ahnung. Was immer aus den Leuten wird.

JOE Hat sie fremdgevögelt?

JOHN Sie lesen zu viel Schmierenpresse, Joe. Der Westentaschenguru auf Achill Island mit seinem *Daily Mirror* und einer Tüte miesen Kokains, gestreckt mit verschissenem Rattengift.

JOE Hat sie nun fremdgevögelt?

JOHN Scheiße, woher soll ich das wissen? Und ich meine, wen interessiert's? Heute hat doch längst jeder mit allen gevögelt, oder nicht? Ich meine, es ist 1978!

JOE War er eifersüchtig?

JOHN Das weiß ich verdammt noch mal nicht. Er hat sich verpisst, oder nicht?

JOE Wo ist er hin?

JOHN Zur See. Wo verdammt wollte er auch sonst hin? Zur Scheißhandelsmarine.

Seine Stimme klingt müde und hohl.

Die Kerze zischt und flattert.

JOE Haben Sie Ihre Mam gehasst, weil sie es mit anderen Kerlen trieb? Oder Ihren Dad, weil er sich vom Acker gemacht hat?

JOHN Ach, wen kümmert's noch? Ist doch längst Geschichte. Und was kann man schon gegen die eigene verdammte Persönlichkeit machen? Letzten Endes, meine ich? Es liegt im verfluchten Blut und ist das verfluchte Schicksal; alles ist vorherbestimmt.

JOE Da bricht der Ire durch.

JOHN Es gibt kein verdammtes Entkommen.

JOE So durch und durch irisch. Wie wurden Sie von ihnen geprägt, John?

JOHN Ich musste mich zwischen den beiden entscheiden.

Aufmerksam beobachtet ihn Joe Director in diesem Moment – wägt ihn in seiner Götterhand.

JOE Warum sind Sie hier, John?

John steht auf, tritt ans Fenster und blickt hinaus ...

JOE Wovor verstecken Sie sich?

... auf das nichtsahnende Meer, das die Insel Achill in seinen Armen hält. Und im Osten ...

JOE Wovor haben Sie solche Angst, John?

... der erste Lichtschimmer. Er dreht sich um und mustert sie jetzt mit kaltem Blick.

JOHN Ich kapiere längst, was hier abläuft, Joe. Sie holen sich diese dämlichen Kids und spielen mit ihren Ficksäften, stimmt's? Sie impfen ihren dämlichen Hirnen und ihren dämlichen Geschlechtsteilen Ihre dämlichen Gedanken ein, und das ist alles viel zu einfach, nicht, Joe?

JOE Und was haben Sie die letzten zwanzig Jahre so getrieben?

JOHN Sie sind bloß ein scheißverdammter Blutsauger. Sie machen es sich zu einfach, Joe. Ist nämlich viel zu einfach, sich hier ein kleines Königreich aufzubauen; und Sie spielen darin den scheißverdammten Despoten, den Fuchs im Hühnerstall mit all Ihrem Kokain, Ihrem gottverdammten dämlichen Plunder; jedenfalls interessiert es mich einen Dreck, was Sie hier in Ihrem verfluchten Amethyst Hotel treiben ...

JOE Ich erkenne da ein paranoides Gedankenmuster, John.

JOHN ... denn ich bin hier, um Ihnen zu sagen, was Sie verdammt noch mal sind, Kumpel: nämlich ein Schwein. Sie werden sterben und verrotten, und kein Mensch wird sich auch nur die Bohne dafür interessieren. Vielleicht gibt es für diese beiden Schwachköpfe ja ein Fünkchen Hoffnung. Vielleicht sind sie jung genug ...

Er geht zur Tür.

JOE John, mein Junge?

JOHN Ich muss schlafen.

SUE Noch ist es nicht zu spät, John.

JOHN Gebt mir Bescheid, sobald Cornelius zurück ist.

FRANK Haben Sie gewusst, John, dass der Mars am Himmel steht?

Er geht auf das Zimmer mit der Nummer neun. Schließt die Tür hinter sich. Setzt sich auf die nackte Matratze. Draußen nimmt die Welt Konturen an, aber nur grau in grau. Noch kann er im Flur ihre Stimmen hören.

Mit dem Atem des Meeres rückt der Morgen näher. Er ist davon überzeugt, in Gefahr zu schweben, und wenn es erst hell ist, wird es zum Handeln zu spät sein.

Er liegt auf dem Bett und versucht die Angst zu verscheuchen, aber es gelingt ihm nicht, und er lauscht, und nach einer Weile kommen die Stimmen näher, werden dann aber wieder leiser.

Stille breitet sich aus – hört sich Warten so an?

Er simmert im Gebräu seiner Angst und seiner schwarzen Gedanken.

Fast ohne zu atmen liegt er da – hört er wieder Stimmen?

Er wartet, bis sich in dem alten Hotel echte Stille breitmacht, dann steht er auf, geht zur Tür, öffnet sie Zentimeter um Zentimeter – er hört keine Stimmen – und er schleicht über den Flur, ganz leise, wagt kaum zu atmen – keine Stimmen, keine Schritte – und er geht die Treppe hinab, durch die Lobby, und er tritt aus dem Amethyst und geht hinaus in die Welt.

TEIL FÜNF

Schwarzes Atlantis

Er sitzt in der Höhle. Lauscht auf ihre Stimmen, kann aber nur das langsame Auslaufen der Wellen hören – ein Zerfließen, ein Zischen. Sein Verstand ist im Eimer. Sein Herz pumpt Angst. Wie irre formen seine Lippen Wörter. Wörter, die er rückwärts aufsagt. Wörter, die in alle Richtungen driften. Sein Nervenkostüm ist ein Sack voll verfluchter Schlangen. Er spricht den eigenen Namen rückwärts aus – Nhoj. Ein Beduine in einem Zelt? Unter kaltem, sternenklarem Wüstenhimmel? Er sitzt in der Höhle. Er lauscht aufmerksam, aber da sind keine Stimmen. Er ist jetzt völlig von der Rolle. Er ist ein verdammter Schwachkopf, weil er auch nur geglaubt hat, er könne hinaus in die Welt gehen.

Draußen wogt das Meer. Das hat was ungeheuer Hypnotisches. Davon wird einem schrecklich übel. Gewaltige Kreaturen stöhnen im großen Raum des Ozeans. Er lauscht so angestrengt, dass ihm die Zunge aus dem Mund hängt. Durch seinen Kopf hallt neue, unschöne Musik –

Er kann scheppernde Akkordeons hören, das manische Beben von Kesselpauken.

Er kann das weiße Rauschen eines Migräne-Feedbacks hören.

Er kann Irrenhausgekreisch hören und wimmernde Sägeblätter.

Tja, ich bin hier draußen wohl in einer Art Hölle, wie?

Er versucht jeden Atemzug zu verlangsamen. Er fürchtet sich, aber zugleich glüht er vor seltsamer Erregung. Er spürt, er ist kurz davor, etwas Neues zu erfahren.

Der Schrei dieser Möwe klingt wie das Greinen eines verlorenen Kindes.

Den ganzen Tag versteckt er sich in der Höhle. Er hat im Leben schon ein paar schwierige Tage hinter sich gebracht; dieser hier ist nur einer mehr für die verfluchten Annalen. Die Bewegungen der Wellen sind es, denen es nach langer Zeit gelingt, ihn zu beruhigen. Tief unten im Fels ein weher Ton. Was er da hört, kommt ihm fast menschlich vor.

Er lauscht auf ihre Stimmen. Wie ein leises Tier schleicht sich die Nacht in die Höhle – da sind keine Stimmen.

Wieder verhüllt eine halbdunkle Maiennacht die Insel und das Meer – er ist so weit fort von zu Hause und von der Liebe.

Ein Fisch springt, durchbricht die Wasseroberfläche; das Herz platzt ihm aus den Nähten, und der Fisch ist wieder weg, doch bleibt er lebendig im Silber seiner Schuppen.

Drinnen spürt er, dass sich etwas öffnet. Erneut sorgen die rostigen alten Motoren seines Geistes für ein frisches Denken. Trotz der ganzen Scheiße. Er fühlt den Schwindel, fühlt die Erhabenheit.

Ein eleganter, schaurig dunkler Seevogel taucht auf und schlappt mit langsam stetem Flügelschlag nur Zentimeter überm Wasser dahin.

Erste Streifen Nachtgrün durchziehen den Himmel.

Niemand kann ihn hier draußen finden. Hier ist er sicher, zumindest einstweilen. Er gräbt seine Affenzehen in den Sand und spürt, wie die winzigen Körner in seine Hautklüfte rollen, wie seine klamme Haut sie verlangsamt und zusammenbackt. In dieser Höhle hat es früher schon andere Tiere gegeben. Auch auf diesen Felsen hat es früher schon andere Tiere gegeben. Er kann sie noch fühlen. Tief vergraben im Sand die kalkweißen spröden Knochen –

Elchknochen.

Wolfsknochen.

Robbenknochen.

Die Wörter verdüstern die Stimmung. Wie es wohl wäre, nie mehr von hier fortzukommen? Auf dem feinen weißen Sand eine Ader zu öffnen. Seine Lippen brennen vom Salz, als hätte er Chips gegessen. Der Fels verstärkt den wehen Ton – vielleicht kann er diesem Ort nie wieder entfliehen – und Öl und Essig suppen ins braune Chipstütenpapier, bis es durchsichtig wird.

Blase Luftringe auf die Chips, kühl sie ab –

Ab-ab!

Nagender Hunger sagt ihm, dass er noch lebt, dass er keinen Abgang hingelegt hat.

Splitter einer seltsamen Melodie dringen tief in ihn ein – sie klingt, als käme sie aus der Zukunft, vielleicht auch aus ferner Vergangenheit.

Genauso schnell verschwinden die Splitter wieder, aber du musst einfach nur warten –

Träge Zeit, Höhlenzeit; das Silber der Meeresnacht.

Wenn seine Nerven blankliegen, hilft es ihm manchmal, die Nummern der Liverpooler Busse aufzusagen –

Der Sechzehner nach Princes Park.

Der Zweiundvierziger nach Mount Vernon und Edge Hill.

Der Siebzehner – Kirkdale; der Neuner – Dingle.

Busse nach Crosby, Walton, zur Anfield Road – und die regensatte Luft, der Dunst einer Imbissbude – Spiegelei mit Pommes und ein Becher mit so starkem Tee, dass man in Stiefeln drüberlaufen könnte – das gelbste Gelb des Eigelbs – so kotzig, so satt – und die langen Flirts über cremigem Kaffee – aus guten Konvents kommen die besseren Fotzen, das kecke Kleid, die Hochnäsigkeit, der Riskier's-doch-Blick – und während er so träumt, beruhigt sich sein Herz, verlangsamt sich.

Höhlenzeit.

Er schlägt die Augen auf. Blickt übers Wasser. Horcht angestrengt auf die Flauten im Wind. Die Insel kennt keine wahrhaftige Stille. Immer ist was dort draußen und bewegt sich.

Er steht im dunklen Gewölbe der Höhle.

Das nächtliche Meer schimmert, bewegt seine Lichter mit schwarzem Glitzern.

Das Wasser schleift über den Strandkies, ein träger, satter Laut –

ein alter König mit Silberbart wirft eine Handvoll Goldmünzen auf einen mit weißem Tuch bedeckten Tisch

– und der Fels tönt weh, und er stimmt seufzend ein. Es war nie leicht und hat auch nie leicht sein sollen.

Der feine Sand des Höhlenbodens färbt sich im Mondglanz strahlend weiß. Seine Haut so hell in diesem Schimmer. Er war schon immer ein weißer Mann – ewig das Bleichgesicht, ewig der Goi.

Ein kräftiges Platschen, als sich das Wasser teilt und der große, geschmeidige Kopf nebst den schmucken Spindeln des Schnurrbarts auftaucht; Muskeln wuchten den langen, schweren Leib auf den Fels.

Er robbt zum Eingang der Höhle – hallo? – und riskiert einen nüchternen Blick.

Die traurigen, trübseligen Augen; der nächtliche Rufer; der Seehund.

In einem Moment süßer Ruhe versenken sich ihre Blicke ineinander.

Alles okay?, sagt er.

Alles okay, John, sagt der Seehund.

Und ich erzähl dir noch was.

Nur raus damit!

All das ...

Mit dem Kopf weist er auf die Welt dort draußen – er hat einen so dicken, harten Schädel wie ein Türsteher.

Ist scheiße, sagt er.

Du meinst doch nicht ...

Doch, John. Es wird nicht überdauern.

Das Ganze, meinst du?

Mit allem Drum und Dran.

Nur klingt es wie *Drummunrann*.

Der Wind, die Wellen, das Wasser, sagt er.

Nur klingt es wie die *Dellen*, das *Dasser*.

Ist alles schon in der Verlängerung, sagt er. Ist alles verflucht, mein Sohn.

Am meisten macht John der Liverpooler Akzent zu schaffen.

Also, wo kommst du eigentlich her?

Kennst du dich Richtung Formby aus, John?

Na klar, hab als verdammtes Kind da draußen gewohnt.

Bist abgehauen, was?

Ertappt.

Unter kalter Sonne – Winterzeit – die Mäntel in einer Senke zwischen den Dünen ausgebreitet, eine salzlippige Kleine, und wie er sie küsste, und was für einen Ständer er hatte, und er küsste sie und legte eine Hand zwischen ihre Beine – *dann Klemme*. Das plötzliche militärische Zuschnappen der Schenkel.

John?

Ist ja gut.

Nicht.

Dann eben nicht.

Die magischen Worte – sie öffnete ihre Beine – und eine Weile blieb das so, aber nicht lang; dann die Zugfahrt nach Hause – durchs trostlose Bootle – und das Suchen nach Worten – die Albert Docks – und das Sichwinden auf dem

Sitz – Central Station – kann ich dich am Mittwoch sehen? – vielleicht, weiß nicht – und der Blues der Vorstädte – vielleicht, glaub aber eher nicht, John – und dann zur Tante nach Hause, das sein einziges Zuhause war.

Du kannst nicht zurück, John.

War ich doch gerade.

Er starrt den Seehund an. Er will verdammt noch mal ein paar Antworten. Er ist von so weit her gekommen.

Mal sehen, ob ich's dir erklären kann, John. Als Erstes schlägst du morgens die Augen auf, okay? Als Erstes? Und dann siehst du eine ganz bestimmte Welt ... Hab ich recht?

Und?

Und du siehst ...

ihr schwarzes Haar, das über das Weiß ihres Rückens fällt

... die Welt, wie sie schon immer war. Als würde sie sich nie verändern, als würde sie nie zerstört, als würde sie nie vergehen ...

John unterbricht –

Ich hab so das Gefühl, dass ich jetzt nichts Gutes zu hören bekommen werde.

Der Seehund lacht, wenn auch kläglich.

Die Realität, John, neigt nicht zum Verweilen. Dieser scheißeinsame Vorort im Jahre 1955 – den gibt's nicht mehr – das Rattern des Zugs zur Central Station unter deinem knochigen Hintern – gibt's auch nicht mehr – und den Geruch nach Schweiß, die rot entzündeten Aknepickel, das Techtelmechtel in den Dünen von Formby – gibt's nicht mehr – und die mit dem Kussmund, der nach Salz schmeckt und nach Bovril ...

Den Geschmack von Bovril hatte er vergessen – was für ein seltsamer Seehund.

... all das, John? Hat so wenig Gewicht wie ein verdammter Traum.

Also ist nur real, was übrig bleibt?

Das hier, sagt der Seehund. Wo du gerade sitzt.

Wolken treiben über den Mond und verdecken ihn; die Höhle versinkt im Dunkel. Einem Teich der Stille wird es gestattet, sich zu öffnen. Die Stille ist eine Versuchung. Der Seehund hält ihr eine ganze Weile stand, dann –

Was genau willst du wissen?

John richtet sich gerader auf. Er spürt, wie ihm der Mund austrocknet. Die Worte kommen leise, schüchtern –

Treffen die, ähm ...

Nur weiter.

Treffen die Toten sich da draußen?

Du bist ein komischer Vogel, John.

Weiß ich doch.

Auf dem Wasser, meinst du?

Ich glaub ja.

Ist kompliziert, sagt der Seehund.

Stille – ein wuchtiger Takt.

Dann –

Heimsuchung durch die Toten, sagt der Seehund.

Ach?

Das ist doch unser kleines Problem, nicht, John?

John senkt den Kopf – zerknirscht.

Heimsuchung durch die Toten, wiederholt der Seehund. Die Angst, dass alles endet und die Zeit festgelegt ist, die Zeit, die dir noch bleibt oder bleiben könnte, und die morbide Angst vor Zahlen und Daten, und die Angst vor Fotos, denn die halten den Moment auf so traurige Weise fest, und das Gefühl, der Sommer und das Leben seien schmerzliche Orte, als täte es wirklich weh, dort draußen im Leben zu sein, und dann die Angst vor der Helligkeit und die Angst vor dem Licht und die Angst davor, sie zu verlieren, zuerst zu sterben – wer stirbt zuerst? – und jedes Mal, wenn du sie im Arm hältst, ist es das, woran du denkst – wer stirbt zuerst? – und das kalte, kalte Gefühl, das dich in den frühen Morgenstunden überkommt –

– bin ich nahe dran, John? Liege ich richtig, Kumpel?

und das Sichsuhlen in der Vergangenheit und das Gefühl, jedes Mal könnte das letzte Mal sein, und alles ist wie aufgeladen, alles glüht, und die Schrecken der Nacht kommen mit Strömen von Schweiß.

– all das könntest du auch einfach Liebe nennen –

und die Gefühle und die Angst und das Gift und der Schmerz ...

Vergiss die verdammte Isolation nicht, Kumpel!

Wie könnte ich die vergessen, John? Das Gefühl, dass das Leben für alle ist, nur nicht für dich selbst? Und weißt du, was das Erschreckendste ist? Das Allerschlimmste?

Stopp.

Du findest, es ist das herrlichste Gefühl, nicht, John?

Du willst den Schmerz loswerden.

Du willst die Taubheit loswerden.

Du willst sie vergehen lassen.

Lass sie vergehen, sagt er.

Und er ist allein in der Höhle.

Es wird sich noch verflucht was tun –

Er versucht die Höhle zu verlassen, aber der weiße Sand steigt auf und lässt seine Körner kreiseln, langsam erst, dann schneller und immer schneller, bis sie ein großes Spinnrad aus verschwommenem Licht formen und er darin gefangen ist.

Er versucht es mit einem Urschrei, bringt aber keinen Ton heraus.

Er kann sich nicht atmen hören – atmet er überhaupt?

Er kann sein Herz nicht schlagen hören – schlägt es überhaupt?

Wieder versucht er es mit einem Urschrei, bringt aber keinen Ton heraus.

Er wird von einer großen Kraft zurückgeschleudert.

Die Sandkörner fallen auf den Höhlengrund, und einen Moment lang herrscht tödliche Stille.

Dann hört er, wie sein Name gerufen wird –

Joh-honnn?

Der Ruf wird vom Wind mitgerissen.

Er sitzt in der Höhle und bittet sein Herz, sich zu beruhigen.

Als hätte es sich je beruhigt.

Er blickt übers Wasser. Gibt sich Mühe, den Atem zu verlangsamen. Sitzt so still er kann. Unter den Traufen im Gewölbe der Höhle befindet sich alles, was von ihm übrig ist.

Diese spukigen Gewölbetraufen.

Langsam bekommt er seine Gedanken wieder unter Kontrolle. Er sieht, dass es ein klarer Morgen wird. Und er beginnt die Umrisse von etwas Neuem zu erahnen. Er spricht die Worte laut aus, bis sie in Formen und Mustern aus ihm heraussprudeln. Er kann winzige Details erkennen, und er kann das große Ganze sehen.

Er steht auf und läuft zwischen den Höhlenwänden hin und her. Abwechselnd schlägt er mit den Händen an die Wände, zählt laut jeden Schlag, zählt von eins bis neun, dann wieder rückwärts.

Sie soll neun Songs enthalten – die Neun.

Er kann winzige Bruchstücke hören – er kann das große Ganze hören.

Es gibt einen Herbst und einen Winter, doch jetzt durchströmt ihn ein kalter, kalter Frühling – er muss Schritt halten mit dem Strom.

Sie soll neun verdammte Songs enthalten, und die werden verdammt noch mal zusammenhängen, und es wird das verdammt größte Ding, das er verdammt noch mal je gewagt hat.

Jetzt, hier in der Höhle, hat er all die Worte und all die Töne, den ganzen Schwall.

Er sieht das große Ganze – und er sieht das winzige Detail. Mit dem hier wird er alle offenen Rechnungen begleichen. Es wird der reine Ausdruck von versengtem Ego, von brennender Seele werden.

Der Titel kommt ihm beim ersten Licht. Bedächtig malt er mit einem Finger die Buchstaben in den weißen Sand

BEATLEBONE

und er weiß ganz genau:

Einmal gehört, lässt dich das nie wieder los.

Der Morgen steigt empor und zieht einen knochenweißen Himmel auf. Der nimmt ihm die manische Freude und bringt klammheimlich die Angst zurück. Denn verdammt, so ist es, und verdammt, so läuft es nun mal.

Er ist schrecklich müde. Keine Sekunde konnte er schlafen. So lange hat er sich nun bemüht, in der Welt zu Hause zu sein. Hat Brot gebacken. Das Baby im Wickeltuch herumgetragen. Kuschlig wie im scheißverdammten Mutterleib. Hat den Haushalt geschmissen. Sämtliche Rollen gespielt. All die Tage abgerissen. Seine Gedanken aber fliehen an andere Orte. Er bekommt den Moment nicht zu fassen. Dabei sind es die Momente, die sämtlichen Reichtum enthalten. Vielleicht lernt er auf seiner eigenen Insel, sie sich zu bewahren. Er muss auf seine Insel. Es gibt schließlich einen Grund, warum es ihn da hinzieht. Er ist auf der falschen verfluchten Insel. Jetzt muss er seine Reise zu Ende bringen.

Er steht auf und schüttelt die Glieder.

Also schön, sagt er.

Er schmeckt das Meer und das Salz, diese Laszivität, die frühmorgendliche Luft.

Er tritt aus der Höhle.

Noch so ein durchgeknalltes Album, werden sie sagen. Diese Scheißpresse. Diese scheißverdammten Schweine mit ihren Schreibmaschinen. Tippen Scheiß mit ihren verdammten Zehen. Tipp-tippe-di-tipp-tipp. Mit ihren kleinen Schweinchenzehen, die Kippe im Schweinchenmaul und neben sich den dicken kleinen Becher mit honigbraunem Bier. Kippen es sich in die fetten feisten Fressen. Diese fetten tippenden Schweineschisser.

Na ja, okay: Durchgeknalltes Album, damit kann er leben –

Das den Bär steppen lässt.

Das die Hölle losbrechen lässt.

Das ihn Grenzen übertreten lässt.

Er will Grenzen übertreten, und er will sich die verdammte schwarze Seele aus dem Leib singen, und er will endlich offen sagen, was er wirklich denkt.

Welt, sei wachsam, Welt, sei tapfer: John kommt!

Er geht, und er ist jetzt so tapfer, und er lauscht nicht mehr den Stimmen – sollte er die Penner aus dem Amethyst je wiedersehen, reißt er ihnen die scheißverdammten Augen aus und pisst die leeren Höhlen voll.

Er geht –

Die Clew Bay, im Licht der Morgensonne breitet sie sich vor ihm aus.

Die Clew Bay – wo jede Paranoia wahr wird.

Er hält ein Schwätzchen mit den Möwen. Erklärt ihnen die Vorzüge des Kapitalismus. Singt ein bisschen. Er merkt, dass er einen Ständer hat, ausgerechnet, und er könnte alles ficken, sogar einen Haufen Seetang. Er findet sich tapfer, findet sich behütet und geführt, findet sich hellsichtig und stark. Abrupt bleibt er stehen – ihm kommt ein *verblüffender* Gedanke. Gibt es so etwas, möchte er wissen, wie gutes Durchknallen? Wenn der Verstand den Geist aufgibt und sich neu ordnet, um die Welt danach deutlicher als zuvor zu sehen. Wenn er so ruhig ist wie ein stiller Teich.

Jetzt setzt er die Affenfüße mit Elan.

Die Sonne blutet Gold übers Wasser.

Er streift seine Sneakers ab. Fick dich, Kumpel, fick dich selbst. Jetzt schneidet er sich beim Gehen die Füße an den Steinen auf, und er blutet, und von da zu einem blutenden Jesus ist es doch wirklich nicht mehr weit, oder?

Fehlt nur noch das Kreuz auf dem Rücken.

Fehlen nur noch die Tränen im Garten.

Wie Perlen sind die winzigen Inseln über die Weite der Clew Bay verstreut. Seine liegt mittendrin, irgendwo: ein Bollwerk im Meer. Er braucht bloß noch ein Boot, das ihn zur Insel bringt.

Mit jedem Schritt wirft er eine neue Version seiner selbst auf.

Er geht weiter.

Wieder suppt die Vergangenheit durch – sie versteckt sich auf der Rückseite jedes Moments, ist einfach da – und sie bringt ihn nach Achill, zurück zu der Zeit, als sie zuletzt hier waren – vor neun Jahren.

Sie gingen eine Weile am Strand spazieren. Kletterten auf den Felsen herum. Bunt sammelte sich der letzte Rest des Sommertags in den Felstümpeln. Es sah aus da drinnen wie winzige Karnevals. Eine Weile setzten sie sich, aber es war zu kalt; lang blieben sie nicht sitzen. Er nahm ihre Hand und zeigte ihr seine Handinnenfläche, führte ihre Fingerkuppe über die Lebenslinie.

Los, sagte er. Was siehst du?

Sie liefen über Steine und hörten ein Gekreisch. Er hielt es für einen Vogelruf. Dann sah er die Gestalten an der Flutlinie.

Sie verbargen sich zwischen den Felsen. Schauten hinab zum Strand. Da waren Schatten entlang der Flutlinie. Es waren Frauen. Er zählte – sie waren zu neunt, aber sie blieben dicht beieinander, bewegten sich im Gleichklang, und sie waren schwarz gekleidet und sahen aus, als stammten sie aus einer weit entfernten Zeit.

Was zur Hölle?, sagte er.

Die Frauen gingen in die Wellen, und er und sie lauschten – verzückt –, als ihre Schreie in den Himmel bluteten, und sie gingen weiter, bis sie hüfttief im Wasser standen, bis sie brusttief im Wasser standen, bis die Wellen sich an ihren fahlweißen Hälsen brachen – sie waren zu neunt, in einer Reihe, den Kopf im Nacken –

Heilige Scheiße, sagte er.

– und ihre schwarzen Kleider wogten im Wasser, und ihre Schreie überschlugen sich und verklangen.

Die Frauen reckten ihre Glieder gen Himmel.

Begannen sich anzuzischen, anzuraunzen.

Begannen aufeinander einzuprügeln.

Verdammt noch mal, sagte er.

Sie legte einen Finger an die Lippen – er wollte sich losreißen, aber sie ließ ihn nicht gehen.

Geister, sagte sie.

Er läuft den ganzen Tag lang. Läuft auf seinen blasenübersäten Jesusfüßen. Endlich erreicht er eine gottverdammte Straße.

Wieder verblasst das Licht. Er kann den Osten nicht vom Westen unterscheiden, den Süden nicht vom Norden, das Land nicht vom Himmel, den Tag nicht von der Nacht. Und doch erkennt er das Grollen des Lieferwagens, als der um die Kurve biegt und rasch auf ihn zukommt, schnurgeradeaus, um dann hart abzubremsen.

Hier ist Cornelius –

der traurige kleine Schwenk mit der Hand,

der amüsiert melancholische Blick,

das bekümmerte Herabkurbeln des Fensters.

Das ist doch Wahnsinn, John, sagt er.

Das ist karnickelfickender Wahnsinn, John, sagt er.

Das ist so unnötig wie nur irgendwas unter der Sonne oder den verfickten Sternen, John, sagt er.

Ein Wort rollt ihm langsam über die Lippen –

ent-geistert.

Übermittelt von Gott-weiß-woher, und John sitzt da, und der Lieferwagen fährt, und Cornelius lenkt und redet der Vernunft das Wort –

Hier draußen werden die Menschen komisch, John. Sie wären nicht der Erste, und Sie werden nicht der Letzte sein. Diese Gegend verströmt so ein verdammtes Fluidum.

Die Leute da wollten mir Böses, Cornelius.

Unsinn, John. Das sind liebevolle, warmherzige, anständige Menschen. Hat alles nur in Ihrem Kopf stattgefunden.

Der tief wummernde Bass und das Ausrauschen der Wellen, der knatternde Motor, sein leidvolles Herz.

Wollen Sie behaupten, ich sei paranoid?

Das, John, fragt der Richtige.

Der Lieferwagen rollt, der Abzweig ist genommen.

Was haben Sie so getrieben, John?

Ich hab gearbeitet, Cornelius.

Wie das?

Indem ich Mitgefühl mit dem gemeinen Menschen und seinen alltäglichen Dramen und seiner verdammt gemeinen Verzweiflung bewiesen hab.

Und wo das?

In einer Höhle.

Tja, sagt Cornelius und wedelt würdevoll mit einer Pranke – als wäre die ganze Welt völlig entspannt.

Wie auch immer, es hat sich einiges getan, John.

Ach?

Wissen Sie, hier draußen können manche Dinge lange ziemlich langsam laufen. Immer langsam, langsam, langsam. Und dann? Schnell! Aus heiterem Himmel, John? Blitzschnell. Plötzlich geht das alles wie auf einen Schlag und mit Rückenwind.

Er sehnt sich so nach ihr, sehnt sich so wahnsinnig danach, sie zu berühren; er ist viele Meilen weit fort von der Liebe und von zu Hause.

Ich habe mir Sorgen um Sie gemacht, John. Ungelogen. Sie hätten sich ja einen Knöchel verrenken können. Hätten über ein scheißverdammtes Kliff fallen können. Und dann hätten Sie halb- oder mausetot da unten gelegen. Sie hätten völlig Banane sein können, John.

Cornelius?

Aber die Zeit, in der Sie unauffindbar waren, hat uns mächtig gutgetan. Westport ist blitzsauber. Mulranny auch. Und Newport. Die Pressefritzen sind wohl zu dem Schluss gelangt, dass Sie nichts als eine Erscheinung waren. Die ganze Clew Bay steht uns offen. Wir haben die Karten genau richtig ausgespielt. Jetzt ist alles klar für unseren Ausflug.

Ich glaube, das Beste ist, Sie bringen mich einfach zum Flughafen.

Unsinn, John. Wir fahren zur Insel.

TEIL SECHS

Elf Elf Elf – Dakota

Um elf Minuten und elf Sekunden nach elf am Morgen des 11. November 2011

– 11.11.11 am 11.11.11 –

stand ich, zusammen mit all den übrigen, leicht vornübergebeugten Pilgern an der Ecke 72nd Street und Central Park West vor dem Eingang zum Dakota Building und fand dies den richtigen Moment, um zu beginnen.

Es war geradezu unmöglich, die Szene anders als unter religiösen Aspekten wahrzunehmen: unsere gesenkten Häupter, die Kathedralenstille, die trotz des gelbmäuligen Gehupes und Gewusels der Stadt anhielt, der kitschige Andenkenplunder, der im Park auf der anderen Seite der Straße vertickt wurde. Zola schrieb, die Straße nach Lourdes sei mit Krücken übersät, doch finde sich kein einziges Holzbein: Wunder, mit anderen Worten, haben auch ihre Grenzen, und an Orten wie dem Dakota eine echte Verbindung oder Gefühlsregung zu spüren dürfte so selten sein, dass es einem Wunder gleichkäme.

Noch prägte an diesem Morgen der Spätsommer die Stadt. Auf den Parkflächen hatten keine Farben Feuer gefangen, und die Bäume besaßen noch fast ihr gesamtes Laub. Schatten lagen schwer in intensiver, blauhimmliger Klarheit, und ich trieb auf einem paranoiden Meer numerologischer

Spekulationen. Nach versteckter Ordnung in Zahlenreihen zu suchen – in Einsern, Elfern oder Neunen – ist symptomatisch für einen zumindest leichten geistigen Verfall, und das war mir nicht unbekannt.

Ich begann begleitet vom gewohnt tiefen Getrommel der Sorge und Gereiztheit. Beunruhigt fragte ich mich, ob ich genügend Material finden, aber auch, wie ich es später ordnen würde. Doch allein schon die Tatsache, dass ich mir Sorgen machte, bewies, dass die Arbeit begonnen hatte.

Ich zückte meinen Notizblock und skizzierte den Anblick, der sich mir bot. Das Gebäude ist eine für Gotham typische Tollheit, dunkle Ziegel und dräuende Türmchen mit der typisch gespenstischen Aura der viktorianischen Zeit, und beim Zeichnen versuchte ich, mir okkulte Träume in diesem Haus vorzustellen, mit Blick über die Bäume, sagen wir in einer Nacht, in der ein Frühlingssturm tost, in schweißüberströmter Schlaflosigkeit, wenn die Bäume ängstlich ihre Gliedmaßen schütteln und die grünen Schimmer der Baumwipfelfeen wie Gase durchs Dunkel streifen. Die Tatsache, dass ich selbst auf okkulte Frequenzen geeicht bin – und, ehrlich gesagt, habe ich in meinem Leben einen Punkt erreicht, an dem ich das nicht länger leugnen kann – sagte mir, dass die Schlacht schon halb gewonnen war; trotzdem nagte da am Rande meiner Gedanken noch eine Sorge, und zwar diese:

Wenn ich *Beatlebone* zu dem machen wollte, was es sein sollte, musste ich auf meine Insel.

Die Clew Bay ist ein überflutetes Tal – und die Inseln sind nichts weiter als eine Vielzahl verstreuter Drumlins, kleiner Hügel, deren Ausläufer von einer unfassbar mächtigen Flut überschwemmt wurden. (Geologie: langsam, langsam, langsam, dann schnell.) Es gibt sicher keine dreihundertfünfundsechzig Inseln, wie es die Gerüchte unbekümmert behaupten, vielleicht nur halb so viele. An der Südseite der Bucht erhebt sich die Faust des Croagh Patrick, des Pilgerbergs; im Norden, im County Mayo, liegt der Nephin-Höhenzug mit seiner unheilvollen Ausstrahlung; falls man von Bergen behaupten kann, dass sie *brüten*, dann brüten die Berge des Nephin-Höhenzugs. An einem hellen, klaren Morgen ist die Clew Bay unfassbar schön – vor allem, wenn man sie von oberhalb Mulrannys überblickt und schräg einfallendes Frühlingslicht die Konturen der Inseln herausarbeitet – allerdings treiben aus dem Westen weit öfter Wolken über den Atlantik heran, rücken zügig vor wie eine Invasionsarmee oder langsam wie eine Krankheit, und der Blick bleibt verschwommen und wechselhaft; die Inseln scheinen im Nebel aufzutauchen und wieder zu verschwinden. Sie heißen Freaghillanluggah, Gobfadda oder Mauherillan. Zudem gibt es eine Kindsinsel, eine Kanincheninsel, eine Kalbsinsel. Dorinish ist eigentlich eine Doppelinsel – Dorinish Beg und Dorinish More –, verbunden durch einen Felsdamm. Ortsansässige sprechen ihren Namen eher wie «Dör-nisch» und nicht wie Dor-in-isch aus. In den siebziger und achtziger Jahren war sie allgemein unter den Namen Beatle-Insel bekannt.

Einen Großteil des Winters verbrachte ich damit, mir Videoclips von Fernsehinterviews mit John Lennon anzusehen, meist Aufnahmen amerikanischer Talkshows aus den 1970er Jahren, und ich spielte mir dieselben Sätze immer und immer wieder vor, während ich erste Notizen für seine Stimme machte und versuchte, seine Intonation hinzubekommen.

Aus unserer Perspektive und der heutigen Zeit gesehen, wirkt die Ausdrucksweise bereits veraltet. Es gibt sprachliche Marotten, denen die Coolness der Sechziger anhaftet – viele Sätze enden mit einem forschen Anheben des Tons – doch das passt zu Wortwahl und Formulierungen – schafft einen näselnden, fast nach Larkin klingenden Rhythmus – die sich anhören, als wären sie einem älteren England entsprungen, dem England des gestrengen kleinbürgerlichen Lebens der Kriegs- und Nachkriegsjahre. John stammt aus der Vorstadt. Er ist ein Kind der frühen 1940er Jahre, weshalb die Tentakel seines Interesses noch weiter zurückreichen, nämlich bis in jene Schattenzeit, die unser aller Geburt vorausgeht, die Zeit der verflossenen Liebesgeschichten, eine so schwere Zeit. Er klingt eher nasal, meist defensiv und hört sich oft so überheblich an wie ein Prinz, doch sind seine Launen unberechenbar – manchmal ist er sehr charmant, lustig und locker, dann wieder bricht das Dunkle durch, auch eine Ungeduld, die geradezu in Verbitterung umschlagen kann. Er wechselt sehr schnell von lässig zu eingeschnappt, manchmal innerhalb eines einzigen Satzes. Zu den Interviews wurde er meist von Yoko Ono begleitet, die – mit dem Abstand der Jahre deutlich zu erkennen – der Ruhepol, der Anker in seinem Leben war; man gewinnt den Eindruck, dass er, hätte es sie nicht gegeben, bald völlig durchgedreht wäre.

Im Frühling 1967 erschien in einer Londoner Abendzeitung eine Anzeige, die eine Insel vor der Westküste Irlands zum Verkauf anbot. Dorinish gehörte der Hafenbehörde von Westport im County Mayo und wurde vorwiegend wegen ihrer Steine genutzt, die man als Ballast für die ortsansässige Fischereiflotte verwendete. Der Listenpreis betrug 1700 Pfund Sterling. John Lennon hatte schon lange von einer Insel geträumt. Man zeigte ihm das Inserat, und er war von der Idee angetan.

Die Klippen von Dorinish ragen so aus dem Atlantik, dass sie einen natürlichen Schutz gegen den steten Wind und für das Inselgras bieten, den wichtigsten Nährstoff. Sicher gibt es in der ganzen Clew Bay kein besseres Weideland, weshalb an die dreißig, vierzig interessierte Schafsbauern anwesend waren, als Alistair Taylor, ein zuverlässiges Mitglied der Beatles-Entourage, bei der Auktion in Westport aufkreuzte.

Es wäre nun nicht weiter schwierig, sich eine komische Situation aufeinanderprallender Gegensätze auszumalen – ein Plattenstudiofreak mit Schlaghosen und Haschischblick inmitten schafskötteliger Kerle – denn es ist gewiss wahr, dass den bäuerlichen Westen Irlands 1967 mehr Jahre als Kilometer vom psychedelischen London trennten. In Wirklichkeit aber hatte Taylor kurze Haare und war ein respektabler Anzugträger, ein ehemaliger Liverpooler Dockarbeiter, den der verstorbene Beatles-Manager Brian Epstein angestellt hatte und der seit langem das Vertrauen der Band besaß – die Jungs nannten ihn «Mr. Fix-It».

1964 hatte er versucht, Trinity Island vor der Küste Griechenlands für alle vier Beatles zu kaufen, doch daraus wurde nichts. Nur wenige Monate vor der Dorinish-Auktion koordinierte er dann einen Versuch, die Insel Leslo, gleichfalls vor der griechischen Küste gelegen, zu erwerben, wiederum für die ganze Band – geplant war, dass die Beatles und ihre Familien auf Leslo wohnen sollten, abgeschieden von der Alltagswelt mit ihren öden, so unpsychedelischen Interessen. Im Zentrum von Leslo wollte man ein Leben-Arbeit-Freizeit-Gebäude nach dem Vorbild des Crystal Palace bauen, von dem aus Alleen zu den Wohnquartieren der Bandmitglieder führen sollten. Auch daraus wurde jedoch nichts, obwohl die Beatles zuvor noch mitsamt Frauen und Freundinnen auf einer gecharterten Yacht nach Leslo gereist waren. Den größten Teil der Überfahrt verbrachten John und George auf dem Vordeck unter dem Einfluss von Halluzinogenen und Ukulelen.

Weitere Details der Auktion in Westport ließen sich nicht auffinden, weshalb wir auch nichts über Gegenangebote wissen; wir wissen nur, dass Alistair Taylor, als er nach London zurückkehrte, Dorinish Island für den Spottpreis von 1.550 Pfund Sterling für John Lennon erstanden hatte.

Der Schriftsteller John McGahern sagte einmal, Irland hätte das zwanzigste Jahrhundert übersprungen und sei direkt aus dem neunzehnten ins einundzwanzigste gerutscht. Da ist was Wahres dran. Das zwanzigste Jahrhundert währte in Irland genau jene halbe Stunde lang, die es dauerte, John Lennons Zigeunerwohnwagen auf einem Kahn über die Clew Bay nach Dorinish Island zu segeln, und der Wohnwagen war mit all den Farben der Sonne bemalt, und die Wellen brachen sich und formten sich aufs Neue, während der prächtige Kahn dahinsegelte, und die Weite des Wassers dehnte sich, schrumpfte und streckte sich wieder, und das Wasser wurde grau, dann klar, dann gewann es aufs Neue an Kolorit und zeigte bald alle Farben der Sonne.

Ein Schmerzgefühl oder das Gefühl einer Wunde direkt unter der Haut – kaum merklich, aber immer da – ist so ungewöhnlich nicht, wenn man den ernüchternden Bahnen seiner Dreißiger folgt. Psychedelisches Experimentieren, das sagt mir meine eigene lange Erfahrung, vertieft oder verstärkt tendenziell dieses Gefühl. Zuvor, im Mahlstrom der eigenen Zwanziger, während des Kampfes um Selbstfindung und -bestimmung – beim Herausfinden, wer man ist – kann dieser Schmerz so tief und unfühlbar verborgen liegen, als gäbe es ihn gar nicht, doch kehrt er zurück, und er hat ein ganz spezifisches Gewicht – fast, als hätte er auf der dunklen Seite jedes verstreichenden Moments verharrt, wäre einfach nur da gewesen – und das Bedürfnis zu schreien ist, glaube ich, darauf eine keinesfalls unangemessene Reaktion.

Die Urschreitherapie, die lose auf der Reich'schen Psychologie basiert, wurde in den frühen sechziger Jahren von Dr. Arthur Janov in seiner kalifornischen Klinik initiiert. Ziel war es, den Patienten vom tief verborgenen Schmerz seiner Kindheitstraumata zu befreien. Zu den Techniken gehörte nicht allein das Schreien selbst, sondern auch eine sorgsame, geführte Erkundung des eigenen Ichs und dessen vielschichtiger, wechselhafter Geschichte. Schließlich sind wir alle verschiedene Versionen unserer selbst, und der eigene Körper kann für uns während jeder vergehenden Stunde mal Himmel und mal Hölle sein.

Die Urschreitherapie war in den 1970ern sehr populär, vor allem dort, wo sich die Kinder des früheren Jahrzehnts zusammenfanden und vermehrten, auf den weit verstreuten Vorposten von Aquarius. Auch in Irland gab es einige überzeugte Anhänger, bekannt war vor allem ein Kollektiv an der Nordwestküste in Burtonport, County Donegal, das sich die Atlantis-Kommune nannte, vor Ort allgemein nur als «die Schreier» bekannt.

Fiktionale wie biographische Arbeiten über das Leben von John Lennon neigen entweder zur Heiligsprechung oder zum Rufmord, weshalb ich es richtig fand, auf traditionelle Textrecherche zu verzichten. Allerdings habe ich mir die Musik angehört: das Album *Plastic Ono Band* – Lennons «Urschrei»-Platte – viele Male, sehr oft aber auch *Das weiße Album*. Legt man «Revolution 9» aus letzterer Scheibe auf, kann man übrigens die Stimme von Alistair Taylor hören.

Vor allem aber sollte meine Geschichte aus den Orten erwachsen, aus der Gegend um die Clew Bay, Achill Island und natürlich Dorinish selbst – falls ich je herausfand, wie man dort hinkam – und sie sollte so ausschließlich wie möglich von jenen Gefühlen geprägt werden, die diesen Orten anhafteten, wie auch von denen, die sie in mir auslösten.

Auf einer meiner ersten Fahrten gen Westen fand ich die baufällige Ruine des Amethyst Hotels.

Im Spätsommer 1967 fuhr John Lennon zum ersten Mal nach Dorinish Island. Er wurde von einem ortsansässigen Fischer hingebracht und hatte eine Schmalfilmkamera dabei. Wir können sehen, wie er sich langsam auf den Stiefelabsätzen dreht und die Aussicht filmt, während das Boot auf die Bucht hinausfährt und der Bug zum endlosen Klatschen der flachen, schwarzen, silbernen oder auch flechtgrünen Wellen des Atlantiks durchs Wasser schneidet. John trägt einen langen Afghanenmantel, dessen Flattern womöglich auf der blechernen Tonspur ebenso zu hören ist wie eine Andeutung der Stimmen – südliches Liverpool, westliches Irland – allerdings nur undeutlich, gleichsam am Rande des Films, wie Stimmen am Rande eines Traums.

Er blieb kaum zwei Stunden auf der Insel. Hämische Zeitungsberichte deuteten an, er habe damals unter dem Einfluss von LSD gestanden, der Makler aber behauptete, er habe sich für Praktisches interessiert und sich unter anderem nach einem Abwassersystem für die Insel erkundigt. Er sei fest entschlossen gewesen, so bald wie möglich mit den Bauarbeiten zu beginnen. Er hatte einen Plan für sein Haus auf Dorinish gezeichnet – ein phantastisches Haus, einen zauberhaften Palast, die Kinderphantasie eines Palastes.

Der Wandertrieb hatte nicht nur ihn allein befallen. Es war längst zu einer absonderlichen Tradition geworden, sich im Westen Irlands niederzulassen. Die Freaks kamen aus den Städten, um verfallene alte Cottages am Ende eines verregneten Boreens zu kaufen. Diese Cottages entlang der Atlantikküste waren spottbillig zu haben. Allerdings konnte man sich denken, dass es nicht lang dauern würde, bis jene große Trostlosigkeit, die Irland stets zu verheimlichen sucht, das Idyll des neuen Westens trübte.

Man male sich aus, wie der Regen nahezu pausenlos an gesprungene Fensterscheiben prasselt, dort unten, am bibbrigen Ende des tropfnassen Boreens – ein Feldweg oder eine kleine Straße, klamm oder triefnass zwischen Weißdorn und Hagebutte, Orte, über denen in der irischen Mythologie meist eine wilde Melancholie liegt – dazu das Gemüsebeet, Hecken aus wildem Wein, aufsteigende Feuchtigkeit, blöde Gören, Erkältungen und irre Köter, die im Hof kauern, ihre mageren Flanken zitternd im Wind; dann noch die weiten, hysterischen Himmel – nie lange hell, nie lange dunkel – dazu minderwertiges Hasch, das endlos vor sich hin kokelt, und okkulte Nächte und mitternächtliches Geschrei, denn wenn man so weit draußen lebt, bleibt einem kein anderer Ort, als sich tief hinab ins eigene Innere zu verlieren; und bei Kerzenlicht das karge Essen an langen Tischen – die ewigen Linsen, die vorwurfsvollen Blicke, der Brombeerwein – die Nerven straff gespannt wie Überlandleitungen, die über graue Himmel kratzen, und an den Tischen der Freaks jede Menge verdammte Paranoia.

Auf dem Rückweg von Dorinish legen sie am Haus des Fischers eine Pause ein, es gibt Tee und Sandwiches. Der Fischer hat einen kleinen Hund, und der kläfft wie verrückt den haarigen Afghanenmantel an, und John ist müde, und John ist gereizt – benimm dich, sagt er – aber der kleine Köter kläfft und hüpft und springt an ihm hoch und versucht, seinen langen haarigen Afghanenmantel zu besteigen, und wir können Johns scharfe Nase sehen, die grünen, entgeistert dreinblickenden Augen, und wir hören die geschmeidige, unverkennbare, schneidende Stimme:

Verdammt, ich hab gesagt, benimm dich!

Ich fuhr mit dem Rad nach Achill Island. So unbestimmt, wie meine Gedanken umherschweiften, zogen Schafe kreuz und quer über die Straße – es war Maienzeit, ich aufgekratzt – und bei einer steifen Meeresbrise drehten meine Füße gemächlich die Pedalen. Ich fand, es stand mir nicht an, die Ortsansässigen zu fragen, wo ich eine Höhle finden könnte. Also radelte ich quietschfidel der Nase nach. Ich fuhr gen Westen, dann nach Norden in die einsameren Gegenden entlang der Küste, wo, wie ich wusste, eine Kolonie Seehunde hauste, und gegen Ende eines langen Tages – im Mai 2012, klarer Himmel, hell, im Schatten noch kalt – fand ich eine Höhle wie jene, die ich mir bei meinen winterlichen Vorüberlegungen ausgemalt hatte.

Sie besaß genau die richtigen Maße – neun Schritt von Ost nach West –, der Boden weißer Sand, und ich kroch hinein und hockte dort, und einen langanhaltenden, zutiefst seltsamen Moment lauschte ich meinem rasenden Herzen, und was ich tat, fühlte sich so vertraut an, so wahrhaftig, dass ich kaum mehr glauben konnte, dass ich die Höhle zu Papier gebracht hatte, ehe ich sie hier auf Achill Island fand.

Geplant war, die ganze Maiennacht dort zu verbringen, vom letzten vergehenden Licht gegen elf Uhr abends bis zu seiner fahlen Wiederkehr irgendwann nach vier Uhr morgens. Nervös saß ich da und spürte meine Angst wachsen, als es in der Höhle so richtig dunkel wurde. Der weiße Sand verfärbte sich grau, mein Herz raste; ich wartete.

Als John Dorinish im Sommer 1968 ein zweites Mal besuchte, befand sich sein Leben im Umbruch. Die Ehe mit Cynthia war zu Ende, die Band mitten in der chaotischen Aufnahme des Weißen Albums und kurz davor, auseinanderzubrechen. Und John hatte sich in die Künstlerin Yoko Ono verliebt. Sie begleitete ihn auf dieser Reise. An einem Samstagabend Ende Juni landeten sie mit einem Hubschrauber auf dem Rasen vor dem Great Southern Hotel in Mulranny. Ein Foto im Archiv der *Mayo News* zeigt das lächelnde Paar, wie es die Würdenträger der Stadt begrüßt.

Er blieb lange wach und trank in der Bar des Hotels. Die *Mayo News* berichtete, er hätte die Bandaufnahme eines neuen Beatles-Songs mit dem Namen «Revolution» abgespielt und zuvor in der Bar verkündet, es sei die Welturaufführung des Songs. Über diesen zweiten Besuch kursieren unzählige Geschichten, und längst verschwimmt die Wahrheit ins Apokryphe. Insbesondere erzählt man sich auch eine Legende, der zufolge er an jenem Abend irische Rebellenlieder gesungen habe und dass es eine Aufnahme von diesem Auftritt gebe.

Am Sonntag unternahm man einen Ausflug und fuhr mit dem Wagen über die Straßenbrücke nach Achill Island. Ein nahegelegenes Hotel, das Amethyst, bereitete am Rand des Dörfchens Keel den Lunch vor. Das Picknick wurde zu einem Platz mit exzellenter Aussicht gebracht.

Ich habe mit jemandem geredet, der jemanden kannte, der an jenem Tag auf Achill gewesen war – einem Tag, an dem das Wetter zu plötzlichen Schauern neigte – und dieser Mann behauptete, in den Hügeln einen verlassenen Picknickplatz gefunden zu haben – Tischdecke, Korb, Weingläser; der Anblick sei surreal gewesen, all diese Pracht mitten zwischen Steinen und Ginster: die schöne Leinendecke, die schönen Gläser, die Reste von Käse und Obst.

Sie flogen mit dem Helikopter. Ein Fischer, der auf der Clew Bay unterwegs war, berichtete, er sei an der Insel Dorinish vorbeigefahren und habe eine Gestalt ganz gelassen oben auf einer der Klippen sitzen und aufs Meer hinausstarren sehen, während weiter unten eine zweite, schwarz gekleidete Gestalt, eine kleine Frau oder ein Mädchen, wütend die Fäuste geschüttelt habe, als sie von Seeschwalben im Sturzflug attackiert wurde.

Das Great Southern ist seither umgebaut worden, aber es gibt dort noch immer eine John-und-Yoko-Suite, ein Zimmer, das kaum größer oder prächtiger als die anderen Zimmer ist, aber eine besonders gute Aussicht auf die Clew Bay bietet.

Der Blick durch ein staubiges Fenster des Amethyst Hotel zeigte das heruntergekommene Innere und mein eigenes Gesicht, das mich müde und zerknittert anstierte. Ich hatte in der Höhle nur unruhig geschlafen, war also ziemlich erledigt, und nun brach ein eher grauer Maientag an, und das Amethyst sah aus, als wäre es direkt einem Albtraum entsprungen. Es hockte da am Ende von Keel, diesem langgezogenen Dorf mit weitläufigem, schönem Strand, und war offenbar bereits seit einiger Zeit mit Brettern vernagelt. Ich hockte mich hin, um durch ein Fenster ins Innere zu spähen. Kaputte Möbel, alte Telefonbücher und zerbrochenes Porzellan – man konnte meinen, der Ort wäre in plötzlicher Eile verlassen worden. Mit jedem weiteren Moment sank das Amethyst tiefer in seinen Verfall, schwand langsam aus der Zeit –

Ich ging hintenherum, stieß gewaltsam eine Tür auf – sie gab ohne weiteres nach – und trat ins Innere.

Das Hotel war in den späten 1880er Jahren von John und Eliza Barrett erbaut und nach jener Amethyst-Ader benannt worden, die durch die nahen Hügel verlief. Später kaufte es Captain Robert Boyd, und es galt als eine der besseren Unterkünfte der Insel. In den 1960ern gehörte das Hotel dann zeitweilig dem Schauspieler Robert Shaw und lockte eine recht halbseidene Meute nach Achill. Der Glanz dieser Phase hielt jedoch nicht lange vor. Ich glaube, ich habe selbst sogar einmal in dem Hotel übernachtet, damals, im Sommer des Jahres 1980, als uns heftiger Regen von einem nahen Zeltplatz vertrieb.

Ich ging durch die Lobby. Bei jedem Schritt schwebten Staubwolken auf. Über die baufällige Treppe wagte ich mich nach oben. Das Amethyst hatte einundzwanzig Zimmer, die in seinen letzten Jahren in Ein-Raum-Apartments umgewandelt worden waren. Ich schaute mir das eine oder andere an, die Betten waren noch bezogen, und auf den Regalen lagen mumifizierte Lebensmittel. Dann fand ich das Zimmer mit der Nummer neun und versuchte die Tür aufzudrücken, die sich aber an einer aufgequollenen Teppichkante verfing und einen Moment lang nicht nachgeben wollte, fast, als stünde jemand dahinter und hielte dagegen. Mit einem leisen, schaurigen *Wuusch* ging sie schließlich doch auf, und ich trat ein.

Der Dokumentarfilmer Bob Quinn fuhr 1979 nach Donegal, um über Leben und Alltag der Atlantis-Kommune zu berichten. Das irische Fernsehen fand *The Family*, den daraus resultierenden Film, allerdings so verstörend, dass man ihn nicht zeigte, weshalb er nahezu fünfzehn Jahre unbeachtet blieb, trotzdem aber den Ruf erwarb, ein Kultfilm zu sein.

Er zeigt das alltägliche Leben der Kommune, das sich vor allem um Urschreitherapie und wütende Schimpfsitzungen drehte. Das Gebäude selbst ist eine große, alte, feuchtkalte Bruchbude an der Küste. Die Wände sind mit psychedelischen Wirbeln und Symbolen bemalt. Ethos des Hauses waren Konfrontation und uneingeschränkte Öffnung. *The Family* zeigt, dass dies manchmal zu heftigen, sogar körperlichen Auseinandersetzungen führte. Repression jeglicher Art war tabu – die Schimpfer ließen alles raus. Sieht man den Film, scheinen sie voll guter Absichten zu sein, wenn auch auf eine so schwierige wie stressige Weise, die zu manch langer, anstrengender Nacht geführt haben dürfte.

Ende der 1980er Jahre verließ die Atlantis-Kommune Donegal und siedelte ins Innere des kolumbianischen Dschungels um. Dort draußen existiert sie noch immer und wartet auf eine angemessene Darstellung in der bis heute ungeschriebenen Geschichte des Radikalismus im Westen Irlands.

In den 1970er Jahren gab es zudem eine Kommune, von der es heißt, ihre Mitglieder seien schüchtern gewesen und so stumm, als hätte es ihnen die Sprache verschlagen. Sie trugen viktorianische Kleider. Sie lebten mal im County Mayo, mal in Sligo oder Donegal, und man erspähte sie nur gelegentlich hinter Hecken oder am Strand in weiten weißen Blousons und Reithosen mit hohen glänzenden Stiefeln oder im Bratenrock mit Angströhre. Mit den Ortsansässigen redeten sie nie auch nur ein einziges Wort, aber sie lächelten herzlich, wenn sie sich Fremden näherten und vorüberzogen wie ein flüchtiger Hauch, der rasch wieder verweht.

Als die Dekade ihrem Ende zuging, waren solche Esoterika im irischen Westen nichts Ungewöhnliches mehr, was bald dazu führte, dass man derlei nicht weiter erwähnenswert fand. Ende der 1970er Jahre hausten diese seltsamen Kommunen schon gut zehn Jahre dort, und zu den ersten – soweit sich derlei Phänomene überhaupt verlässlich dokumentieren lassen – gehörten die Diggers.

Anfang 1971 wurde Sid Rawle von John Lennon ins Büro der Apple Records in London gerufen. Über Rawle hieß es in der englischen Presse damals, er sei der «König der Hippies». Er half alternativen Gemeinschaften, sich in ländlichen Regionen anzusiedeln, und gehörte zu den allerersten Menschen jenes Schlags, die man später «New Age Travellers» oder auch einfach nur «Aussteiger» nennen sollte. Lennon bot Rawle die Verwaltung der Insel Dorinish an. Er sollte prüfen, ob eine vom Mainstream und von den Wertvorstellungen des Mainstreams abgeschnittene Schar

Freaks auf der Insel gedeihen konnte. Rawle akzeptierte das Angebot und ließ bei entsprechenden Londoner Enklaven die Kunde von der bevorstehenden Reise verbreiten. Es fanden sich achtzehn Erwachsene und ein Baby. Laut Plan sollte die Gruppe sechs Wochen auf der Insel zelten und herausfinden, ob sie sich als Langzeitbasis für ein freies Leben eignete.

Im Juni 1971 gingen die Diggers auf Dorinish Island an Land.

Das Fenster des mit der Ziffer Neun gekennzeichneten Zimmers im Amethyst Hotel hatte einen Sprung, sodass vom Maiennachmittag draußen ein Luftzug hereinwehte und seine leise, gespenstische Totenklage sang. Ich saß auf dem Einzelbett, die Matratze war feucht und stank, ich schloss die Augen und lauschte so aufmerksam wie nur möglich auf das, was sich in einem solchen Zimmer hören ließ, zu dieser Zeit, an diesem Ort. Die Welt war voller Seufzer, und draußen rauschte das Meer, und die Brise verfing sich in einigen Windbrecherbäumen, und das Meer erkundete mit seiner grünen Zungenspitze eine jede Ritze entlang der Küste. Seevögel zogen kreischend ihre Bahnen. Vor dem Zimmer hörte ich Schritte, was unmöglich war. Ich schloss die Augen, mein Herz raste, und ich hörte Schritte. Sie schlurften bedächtig über die Dielen – eins-zwei-drei, eins-zwei-drei – ich hörte sie deutlicher als den Atem des Meeres – eins-zwei-drei, eins-zwei-drei – die Schritte klangen, als bewegte sich ein Paar im langsamen Walzertakt, und es war ein Maiennachmittag, mal wieder, und im Zimmer neun im Amethyst Hotel schien die Zeit stillzustehen.

Die Diggers bauten eine Zeltstadt auf. Für die Lagerung ihrer Lebensmittel suchten sie nach Senken im Erdreich. Sie legten Gemüsebeete an und errichteten Windschutzmauern aus Feldsteinen. Auf Dorinish gab es gute Erde, und das Gemüse wuchs problemlos an. Alle zwei Wochen kam ein Austernfischer, um eine Abordnung in die Stadt Westport zu bringen, wo Lebensmittel gekauft wurden. Die Gruppe blieb anderthalb Jahre auf der Insel. Manche kamen und gingen, der Kern aber blieb intakt. Ende 1972 zerstörte ein rätselhaftes Feuer das wichtigste Vorratszelt, und die Diggers begannen, Dorinish nach und nach zu verlassen.

Sid Rawle hielt es am längsten aus. Während der letzten Tage der Herrschaft der Diggers über Dorinish Island lebte er allerdings allein dort. Als ich Jahre später einen Fischer fand, der mich zur Insel brachte, erzählte er mir eine Geschichte aus der Zeit seines Vaters, eine Geschichte darüber, wie man Rawle von Dorinish fortgebracht hatte. Rawle fror, war halb verhungert und kurz davor, den Verstand zu verlieren. Man brachte ihn zum Pub am Murrisk Pier und versorgte ihn mit Whiskey und Sandwiches. An jenem Abend damals bekam er kaum den Mund auf, später aber erzählte er, Dorinish sei Himmel und Hölle gewesen. Er kehrte nach England zurück und gehörte bald zu den Gründern der Tipi-Valley-Kommune im Wald von Arden, dem ersten größeren

Lager der New Age Travellers, gut zweihundert Leute, die dort fast zwanzig Jahre lang hausten.

2012 versuchte ich, mit Sid Rawle Kontakt aufzunehmen, erfuhr aber kurz darauf, dass er auf einem Festival außerhalb von Leeds mit noch nicht siebzig Jahren unerwartet gestorben war.

Man kann stets davon ausgehen, dass unterschwellig nie weit entfernt ist, was man in der eigenen Arbeit am wenigsten zutage treten lassen möchte.

Sentimentalitäten faszinieren mich von jeher so sehr, wie sie mich abstoßen. Zwei Jahre lang habe ich in Liverpool gelebt und hielt es für die sentimentalste Stadt auf Erden, ein Rang, den ihm höchstens Glasgow streitig machen könnte. Sentimentalität umhüllte mich wie eine Wolke, wenn ich an einem Sommerabend über die bierparfümierten Straßen lief, sie hing dem Timbre der Stimmen an, wenn über mir die zänkischen Stadtmöwen schwebten, und sie lag im wässrigen Glanz der Augen des immergleichen alten Mannes, der mir im Vorübergehen aus jedem Pub nachstierte. Liverpool war eine Stadt, die nostalgisch der eigenen Jugend nachzuhängen schien, der eigenen Persönlichkeit, und wie mir selbst zum Trotz suhlte ich mich in dieser Rührseligkeit.

An der Tatsache, dass meine Mutter kürzlich gestorben war, fand ich mit zehn Jahren offenbar nichts so verstörend wie die scheinbare Rührseligkeit, die mit dem entsprechenden Eingeständnis einherging. Plötzlich ohne Halt, musste ich dieses Ereignis im Reich der Normalität verorten, und damit mir das gelang, musste ich es ins allerletzte Hinterstübchen meines Hirns abschieben, in den düstersten Winkel; dabei ließ sich für ein Kind gar nicht vorhersagen, was das mit einem anstellte, wenn es dort einmal untergebracht war, wie es einen festnageln und auf immer brandmarken würde, so wenig, wie sich vorhersagen ließ, auf welche Weise es einen auch befreien konnte.

Wenn ich heute daran denke – sie hieß übrigens Josephine – dann meist nur, weil ich sehen will, auf welche Weise ich das Geschehene nutzen und manipulieren könnte, um meiner Arbeit Tiefe und Widerhall zu verleihen, ohne dass die Sentimentalität allzu ungeschminkt ihr Gesicht zeigt.

Damit will ich eigentlich bloß sagen, dass ich am liebsten geschrien hätte.

Der Plan war, zur Insel zu fahren und dann zu schreien. Ich würde urschreien, bis ich heiser war und meine Kehle rau und in Fetzen, und ich würde all die grüne Galle herausschleudern, die sich so ansammelt im Leben – all den Neid, die Eifersucht, die Bösartigkeit – und auch den ganzen Hass – vor allem den Hass – und ich würde den grauen Himmel über mir anschreien und die Sterne verhöhnen und die Nacht.

Ich wollte drei Tage und drei Nächte auf Dorinish bleiben. Ich malte mir aus, dass es ein eigenartiges, meditatives Zwischenspiel in meinem Leben werden würde – drei Tage extremer Subjektivität, eine Erkundung der eigenen Innenwelt, eine Brise vom Meer, die sämtliche Spinnennetze fortblies – und wenn ich zurückkehrte, würde ich meine Erfahrungen in reifer, ziselierter Prosa zu Papier bringen, mit Sätzen klar wie Glas: und dies von einem Mann, der wissentlich noch nie ein Adjektiv unausgeschmückt ließ.

An einem frühen Maiennachmittag radelte ich die zehn Meilen von Westport nach Murrisk Pier und kam gerade an, als der Fischer/Bauer mit seinem Boot anlegte. Für Boote fehlen mir die Worte. Ich kann nur sagen, dass es ein kleines Boot mit einem Außenbordmotor war und dass ich mich ganz ladylike fühlte und ziemlich ungeschickt anstellte, als man mir an Bord half. Ich brachte einen arktisgeeigneten Schlafsack mit und einen kleinen Rucksack voller Lebensmittel, Notizbücher und einer Flasche Whiskey. Und ich hatte ein Handy dabei, für alle Fälle. Also machten wir uns auf den Weg nach Dorinish. Ich war aufgeregt wie ein kleiner Junge, fühlte mich aber auch ein bisschen belämmert. Das Boot krachte über die Wellen, während es elegant übers Wasser schoss. Kleine Inseln kamen in Sicht, geformt wie Medaillons, und ebenso rasch verschwanden sie wieder. Eine Insel hatte die Form eines Stiefelsporns, eine andere die eines Halbmonds. Auf dem Wasser war es kalt, und vom Auf und Ab, von den häufigen Schieflagen des Bootes, während wir dahinflogen, wurde mir übel. Die Clew Bay – einst ein Tal, und ich jetzt in dessen Wolken. Beim

Näherkommen glichen die Gipfel Haxen und Haufen. Ich erkannte Dorinish auf Anhieb: ein Paar geschwisterlicher Klippen, die wie Stützpfeiler aus dem Atlantik aufragten. Der Fischer stellte den Motor ab und lenkte das Boot mit großem Geschick an die Inselfelsen. Ich stieg aus und schaffte es durch die schäumende Brandung ans Ufer. Der Fischer/Bauer winkte, während er für drei Tage und drei Nächte wieder davonfuhr.

Und dann war ich allein auf der Insel.

John Lennon veröffentlichte zwei Bücher mit Kurzgeschichten oder Prosafragmenten: *In seiner eigenen Schreibe* und *Ein Spanier macht noch keinen Sommer*. Deftige Kalauer prägen seinen Stil ebenso wie verrückte Komposita, die er über ziemlich abgefahrene Sätze streut. In den besten Abschnitten verrät er eine Verspieltheit, die sich wie etwas von Spike Milligan liest, durchsetzt mit ein wenig Dylan Thomas oder James Joyce. Übrigens war er als Teenager tatsächlich in Dylan Thomas vernarrt, eine Leidenschaft, die bis ins Erwachsenenalter anhielt, und später, als sein erstes Buch erschien und prompt mit Joyce verglichen wurde, kaufte er eine Ausgabe von *Finnegans Wake*, las einige Seiten und war begeistert – in seinen Ohren, sagte er, klinge dies wie die Stimme eines alten Freundes – allerdings sollte er sich nie die Mühe machen, mehr als nur die ersten Seiten zu lesen.

Seine eigenen Erzählungen oder Fragmente lassen großes Potenzial erkennen, lesen sich aber wie Entwürfe. Die Prosa flattert bei ihm nur über Oberflächen hin; der Stil ist lustig, lebhaft und temporeich, wird aber nie langsamer und verharrt auch nicht lange genug, um mal so weit runterzuschalten, dass er Momente der Zärtlichkeit, Trauer, Liebe, Wut, Verbitterung oder des Grolls erlaubte, wie John Lennon sie in seinen so brillanten wie kühnen Songtexten immer wieder zulässt.

Er wollte etwas von der Welt sehen und unternahm die merkwürdigsten Reisen. 1978 flog er allein nach Japan. Er flog via Südafrika – mit leichtem Gepäck. Da er in Südafrika einige Stunden Aufenthalt hatte, bat er einen Taxifahrer, ihm ein wenig vom Land zu zeigen. Der Fahrer brachte ihn zu einem Park, in dem John eine Weile reglos sitzen blieb. In Japan ging er dann in ein Hotel und buchte zum ersten Mal in seinem Leben ein Zimmer für sich allein. Er lief durch die Straßen, und niemand erkannte ihn. Er ging auf eine Fähre, stand auf Deck mitten zwischen den Pendlern, hielt den Blick gesenkt und freute sich, dass er unsichtbar war.

Die erste der berühmten Fotografien stammt aus seiner Teddy-Boy-Phase gegen Ende der Fünfziger. «Teddy» ist natürlich eine Abkürzung aus edwardianischer Zeit; die Mode der Teds jener Tage war im Grunde eine Reprise des stutzerhaften Aussehens der Gangs vorwiegend irischer Straßenlümmel in Salford und Liverpool in den 1880er Jahren. Man nannte sie Scuttlers, und sie waren cool, und sie waren extrem brutal. Für mich gehörte John im Grunde diesem edwardianischen Typus des melancholischen Stutzers an. So wie er sich gab, lag das nahe. Und die Art, wie wir uns geben, wird, denke ich, vor allem durch die geheimen Ausstrahlungen, durch den Widerhall jener Orte bestimmt, an denen wir leben.

Läuft man an einem belebten Nachmittag die Bold Street entlang, verfällt man unwillkürlich in einen wiegenden oder schwungvollen Schritt. Die Straße vibriert vor jugendlicher Energie; auf der Bold Street hängen in schicken Scharen die coolen Kids ab, und in Liverpool haben sie einen gleichsam naturgemäßen Dünkel, etwas hochmütig Offensives, das ihren Zeitgenossen in London oder Dublin fehlt. Modehäuser schicken ihre Scouts immer noch auf die Liverpooler Straßen, damit sie berichten, was die Teenager dort tragen und wie sie ihr Haar frisieren.

Zu meiner nachmittäglichen Routine gehörte es, im FACT-Kino am oberen Ende der Bold Street einen Kaffee zu trinken, um dann auf halber Strecke in Matta's asiatischem Deli einzukaufen. Jeden Tag vertraute ich mich der Verve dieser Straße an und hatte dabei oft ein überwältigendes

Déjà-vu-Gefühl, denn trotz aller Dynamik herrschte auf der Straße zugleich eine Aura der Andersartigkeit, einer vergangenen Zeit. Damals wusste ich noch nicht, dass es in ganz Großbritannien keinen zweiten Ort wie die Bold Street gibt, von dem so häufig paranormale Aktivitäten gemeldet werden.

Auf der Straße kommt es zu einem Zeitsprung. Meist heißt es, derlei geschehe in der Nähe des alten Lyzeums, des heutigen Postamts gleich beim Nebeneingang zum Hauptbahnhof und gegenüber vom Buchladen Waterstones. Ein typischer Bericht aus dem Jahre 2002 in der Liverpooler *Daily Post* etwa stammt von einem ehemaligen Polizisten, der an einem Samstagnachmittag mit seiner Frau auf der Straße einkaufen ging. Sie kamen vom Hauptbahnhof. Er traf einen Freund und blieb kurz stehen, um sich mit ihm zu unterhalten. Seine Frau lief unterdessen weiter zum Buchladen Waterstones. Als er ihr folgte, sah er den Namen «Cripps» über dem Buchladen und musste mit einem Satz einem hupenden altmodischen Lieferwagen der Firma «Cardin's» ausweichen. Überall auf der Straße trugen die Frauen lange Röcke und dauergewelltes Haar, die Männer Macintosh und Hut. Er überquerte die Straße, aber das Schaufenster zeigte keine Bücher, sondern altmodische Frauenschuhe, Regenschirme und Handtaschen. Er spürte, wie Panik in ihm aufstieg, und fragte eine der Damen in der Nähe, die modern angezogen war, ob dieses Geschäft denn keine Bücher verkaufe. Sie erwiderte amüsiert, das habe sie auch angenommen, und wandte sich dann ab. Er betrat den Laden, und da stand seine Frau bei den Taschenbuchregalen. Er blickte nach draußen, und die Straße hatte ihr normales Aussehen zurück.

Im Lauf der Jahre haben sich über hundert ähnliche Berichte angesammelt, die sich fast alle auf die Gegend rund um das Postamt in der Bold Street beziehen. Und sämtliche Berichte machen deutlich, dass die Zeitsprünge in die 1950er Jahre führen.

Ich wurde in kläglicher Verfassung von Dorinish Island abgeholt. Der Fischer/Bauer brachte mich zurück nach Murrisk Pier und in denselben Pub, in den auch Sid Rawle gebracht worden war. Ich befand mich wohl auch in ähnlicher Verfassung, obwohl ich nur anderthalb Tage und nicht anderthalb Jahre durchgehalten hatte. Ich aß einen Schinken-Käse-Toast und trank fünf Gläser Rotwein. Schwach wie ein neugeborenes Kalb sah ich mich außerstande, mit dem Rad zurück nach Westport zu fahren, also rief ich eine Freundin an und bat sie, herzukommen und mich einzusammeln. Als sie eintraf und sah, in welchem Zustand ich war, überlief sie tatsächlich ein *Schauder*.

Wie sehe ich aus?, wollte ich wissen.

Mitgenommen, sagte sie.

Ziemlich mitgenommen, sagte sie.

Was zur Hölle ist mit dir passiert?, sagte sie.

Ich weiß nicht, ob ich darauf jetzt eingehen kann, sagte ich.

Am nächsten Morgen fühlte ich mich jedoch im Großen und Ganzen wiederhergestellt, und ich beschloss, noch einmal nach Achill Island zu fahren. Ich hatte das Gefühl – womöglich der Hysterie geschuldet – dass sich die Fäden der Geschichte langsam verwoben. Also radelte ich von Westport nach Newport und fuhr wieder einmal am Rand der Clew Bay entlang. Hier und da öffnete sich zwischen den Bäumen der Blick über das Wasser auf die Faust des Croagh Patrick, und jedes Mal hob ich meine Faust zum rituellen Gruß. Beim Fahren summte ich das eine oder andere Liedchen vor mich hin. In Newport machte ich eine Weile Rast. Jedes Mal, wenn ich in bedrückter Stimmung in die Stadt fuhr, habe ich sie nahezu glücklich wieder verlassen – die in Newport gefangenen Gefühle und ihr Echo sind fraglos wohltuend.

In einer Ecke des Platzes gab es ein Café. Ich setzte mich und machte mir ein paar Notizen über das, was man vom Dachgeschoss des Hotels aus auf dem Platz sehen konnte. Zwei alte Bauern kamen herein und gaben am Tresen ihre Bestellung auf. Sie setzten sich an einen Tisch und unterhielten sich leise; sie fühlten sich ganz offensichtlich wohl in ihrer Haut. Sie verputzten riesige Sandwiches, gefüllt mit Schinken, Weißkraut und Salat, dazu eine Kanne Tee und zum Nachtisch Sahnetorte. Dann schaute einer von ihnen zu mir herüber und sagte in ziemlich strengem Ton –

Muss man da nicht das Leben genießen?

Ich verließ das Café und fuhr mit dem Rad in westlicher Richtung zum Sund von Achill. Unterwegs hörte ich einen Zug, der seit Jahren nicht mehr hier entlangfuhr, hörte sein lautes Rattern, den Rhythmus, mit dem er über Schienenschwellen und Bodenwellen rumpelte, und ich stellte mir die vielen Gesichter an den Fenstern vor, die verschwommen vorüberhuschten, ihr Anflug von Trauer, aber alle waren längst wieder an die seither vergangenen Jahre verloren.

Die Berge im Norden zeichneten sich harsch vor dem grauen Licht ab.

Ein dünner Regen senkte sich in trägen Schleiern über den Tag und plätscherte vor sich hin.

Endlich kam der Sund von Achill Island in den Blick – und ich stieg ab, stand eine Weile im Nieselregen und sah, wie sich weiß die Wogen brachen und wie jede Welle im Auslaufen die gespenstische Spur eines verlorenen Gefühls andeutete, ein Beben im Blut.

Während ich über die Brücke fuhr, trieb das Wasser darunter hindurch und schlappte gegen die Brückenpfeiler. Die Straßen des Dorfes am Sund von Achill waren so leer, als hätte es die Welt hier nur eine Weile gegeben, ehe sie weitergezogen war. Ich entschied mich für die Küstenstraße und radelte den Berg hinauf; nach nicht einmal einer Stunde erreichte ich den Kamm und blickte hinab auf die Bucht bei Keel, die so dunkel aussah, als wäre sie mit Blut gefüllt.

Am Nachmittag kam ich zum Strand von Keel. Und eine Weile ging ich am Meer spazieren. Ich saß auf den Felsen und war vom Wasser wie verzaubert. Mein Atem verlangsamte sich bis fast zum Stillstand. Und ich sah die Frauen, wie sie sich in ihren schwarzen Kleidern aus der Luft schälten, ins Wasser hinauswateten und ihren Kummer in den Himmel und übers Meer schrien. Im Salzwasser und im Seetang zeichneten sich die Konturen ihrer schweren Schenkel unter dem nassen Schwarz ihrer Kleider ab. Sie schrien, und dann drehten sich die Frauen aus all den unterschiedlichen Generationen zu mir um, und jede trug mein Gesicht –

La-di-da

La-di-dum-dum-da.

Er glaubte, die Kraft kataklysmischer Ereignisse könne eine Kreativitätsblockade durchbrechen. Und wenn ihn solch ein Ereignis in Todesgefahr brachte oder mit einem furchtbaren Zusammenbruch einherging, nun, umso besser.

Im Sommer des Jahres 1980, als ein schweres Unwetter die Crew mit Übelkeit in die Kojen trieb, musste er allein und eigenhändig die Yacht *Megan Jaye* von Rhode Island nach Bermuda steuern. Seinen ruhigen, stabilen Magen schrieb er der makrobiotischen Diät zu.

Im Lauf der Nacht wurde der Sturm immer heftiger, und eine Zeitlang sah es aus, als drohte das Ende – von allen Seiten drängte der Atlantik heran. Er war in Panik, den Tränen nahe, und er schrie, Gott solle ihn doch holen, das sei ihm jetzt auch scheißegal, dann verlor er über viele nautische Meilen den Verstand; er war außer sich, und ihm war schwummerig, und der Himmel riss auf, und er sang die alten Songs – schleuderte sie mit ganzer Kraft wie Zaubersprüche dem Meer entgegen – und er urschrie, und nach einer langen, harten Nacht voller Todesangst, aber auch mit Ausbrüchen plötzlicher Heiterkeit angesichts diverser Missgeschicke, gelangte er endlich in ruhiges Fahrwasser. Es war ein friedvoller Morgen – Bermuda – und er hielt dies für eben jenen Vorfall, für das Übergangsritual, das ihm den Kopf freimachte und es ihm nach vier unfruchtbaren Jahren wieder erlaubte, zu arbeiten und neues Material zu produzieren.

Es gelang mir, in dem kleinen Hotel in Keel ein Zimmer zu bekommen und den nötigen Smalltalk hinter mich zu bringen, ohne irgendetwas über meine verstörende Vision am Strand zu erzählen. Allerdings achtete ich genau auf meinen Ton – nie ein gutes Zeichen – und ich sorgte mich, ich könnte zu aufgesetzt klingen oder zu herzlich wirken. Die junge Frau an der Rezeption aber war freundlich und empfahl mir nahe Wanderwege und Radstrecken. Ich sagte, mal sehen, was die alten Beine noch hergeben, und versuchte, nicht jedes Wort wie mit einem Rufzeichen auszusprechen.

Sie erwiderte, ich hätte Zimmer Nummer neun, und deutete ein Lächeln an, als sie mir den Schlüssel aushändigte. Dann fragte sie, ob ich am Abend im Hotel essen wolle, und ich sagte tja, na klar, aber sicher, eine Reservierung für eine Person, bitte, und jetzt fürchtete ich, meine Ausdrucksweise sei auf eine seltsam gespreizte, geradezu viktorianische Art übertrieben höflich. Im Grunde war ich nur völlig durcheinander, und ich war erneut extrem besorgt und entschied, dies bedeute, dass die Geschichte Gestalt annahm.

Ohne weiter bemerkenswerte Zwischenfälle richtete ich mich in Zimmer neun ein. Ich rauchte ein bisschen Gras, allerdings am offenen Fenster, um keinen Rauchmelder auszulösen. Womit wir es hier zu tun haben, dachte ich, ist die uralte Frage: Wie in rationaler Runde das Thema der Existenz von Geistern aufbringen? Und dies zudem im rationalen Rund der eigenen Leserschaft? Während ich noch darüber nachdachte, blickte ich über die rückwärtigen Gebäudemauern im Dorf und über die Hügel – bis mir auffiel, dass ich auf die Rückseite des örtlichen Polizeireviers starrte, weshalb ich mein Pfeifchen rasch wieder einsteckte – allerdings fühlte ich mich bereits viel ruhiger, mehr wie ich selbst, und so dachte ich ein wenig über die zu schreibende Geschichte nach, wenn auch notwendigerweise eher ziellos, ließ sie am Sims des Unbewussten verharren, wo alle Geschichten eine Weile bleiben und reifen müssen – zumindest redete ich mir das ein, kein Druck, nichts überstürzen, und so weiter – und mir kam der Gedanke, dass jeder Roman über die 1970er Jahre im Grunde ein historischer Roman ist. Wahrhaftige Erinnerung an jene Ära – etwa situationsausgelöste Erinnerungen wie der präzise Morgenduft eines neuen Tages zur damaligen Zeit oder das Rauschen und Rumoren einer großen Stadt, die am frühen Morgen aus den eigenen Abgasen erwacht, oder die Art und Weise, wie das dunkle Haar einer Geliebten genau so und nicht anders übers Laken fiel, wie sie sich rekelte – das ist alles längst der Zeit und der Distanz erlegen, und was uns bleibt, ist indirekt, vermittelt, und kann nur durch baufällige Rekonstruktionen mit szenischen Fassaden nachgeschaffen werden; falls wir jedoch die Stimmen richtig hinbekommen, könnte die Fiktion womöglich halten, zumindest für eine Weile.

Der Liverpooler Akzent, zumindest der Stadtakzent, wie er in einem Radius von, sagen wir, zwei, drei Meilen um den Bahnhof Lime Street zu hören ist, weist eine enge Verwandtschaft mit dem irischen Akzent auf. Es gibt auch einen Liverpooler Akzent, der insbesondere mit jenem Akzent verschmilzt, wie er im nördlichen Dublin gesprochen wird. Natürlich reden wir hier auch über eine alte, legendäre Migration, eine, die in die Überlieferungen von abertausend Familien eingewebt ist: Die beiden Städte sind versippt.

James und Jane Lennon sind 1848 aus dem irischen County Down nach Liverpool ausgewandert. Zu ihren Kindern gehörte John Lennon, auch Jack genannt, der Speditionskaufmann oder Buchhalter und auch kein schlechter Kneipensänger gewesen sein soll. Jack heiratete zunächst eine Frau aus Liverpool, Margaret Crowley, die bei der Geburt ihres zweiten Kindes starb. Später heiratete er Mary «Polly» Maguire aus Dublin; und sie hatten zusammen fünfzehn Kinder, von denen sieben überlebten. Zu den Überlebenden gehörte Alfred, Freddie genannt, John Lennons Vater.

Nach dem Tod ihres Mannes – die Leber – konnte Polly es sich nicht mehr leisten, alle Kinder selbst zu betreuen, also überließ sie den neunjährigen Freddie 1921 dem Waisenhaus Bluecoat. Später hieß es, er sei Schiffssteward oder Matrose bei der Handelsmarine geworden; und auch er hatte einen gewissen Ruf als Kneipensänger.

Eine Zeitlang war John von diesen irischen Wurzeln wie besessen. Er verfasste anti-englische Rebellensongs. Sein zweites Kind nannte er Sean. Er konsultierte die gängigen Bücher über Heraldik und Stammbäume – die langen Winterabende im Dakota – darunter auch MacLysaghts *Irish Families: Their Names, Arms and Origins*, wodurch er erfuhr, dass die O'Lennons überwiegend aus den Grafschaften Down, Sligo oder Galway stammten und sich in keinerlei kriegerischen Auseinandersetzungen hervorgetan hatten. Später sprach John davon, den Bauantrag für Dorinish Island erneuern und dort ein magisches Haus errichten zu wollen.

TEIL SIEBEN

Schlüpf in dieses Haus

Cornelius?

Ja, John?

Das ist verdammt viel Wasser.

Ist die Clew Bay, John.

Im verdammten Boot, meine ich.

Ach?

Geht mir bis zu den Knöcheln.

Okay.

Und das soll heißen, Cornelius?

Soll heißen, dass ein Loch im Boot ist, John.

Na dann.

Deshalb würde ich mir keine Sorgen machen. Schauen Sie sich mal um. Da muss es ein Gefäß geben.

Scheiße, Sie meinen, ich soll *Wasser schöpfen*?

Nur so ein Vorschlag.

Cornelius?

John?

Ich möchte, dass Sie einen Blick auf meine verdammten Füße werfen.

Ja? … Die sind nass, das sehe ich.

Verdammt richtig, sie sind klatschnass.

Kann ich das verdammte Meer vielleicht irgendwie dran hindern?

Scheiße, antworten Sie mir doch einfach … Schaffen wir es bis zur Insel?

Könnte knapp werden, fürchte ich. Aber eine ganz andere Frage.

Ja?

Ist es letztlich nicht egal, auf welcher Insel ich Sie absetze?

Wie meinen Sie das?

Es gibt Aberhunderte von diesen Scheißdingern. Alle sind kleine, nasse, elende Fleckchen Erde. Nur gut für Karnickel, Ratten und dreckige Vögel. Von denen ist doch keine besser als die andere.

Jetzt hören Sie mir mal zu, Cornelius. Wenn ich Ihnen das Wort *Ritualreise* sage …

Ha, ha.

Was heißt denn hier «ha, ha»?

Sie meinen, wie bei diesen Armleuchtern von Aborigines?

Das ist sogar verdammt genau das, was ich meine.

Die Aborigines sind schon ziemlich merkwürdig.

Gibt es … gibt es wirklich Ratten auf der Insel?

Da wimmelt's von denen. Tag und Nacht. Ein ganzer Chor. Ein quiekender Dreckschor. Aber wenn ich mich nicht täusche, dann hört Ihr Aborigine zu, oder nicht?

Ganz genau.

Und was will er hören?

Eine Art Song, der unter der Haut der Erde liegt.

Hab ihn schon mal gehört.

Sie haben was gehört?

Das, worüber Sie reden. Diesen Song.

Wann war das?

Kam grad aus einer Disco in Castlebar.

Und?

Ich hatte einen falschen Abzweig genommen.

Und es war schon spät?

Kurz nach ewig am Morgen. Ich sah mich über ein unwegsames kleines Feld laufcn. Oh, oh, hab ich gedacht. Wo dieses Feld genau war, könnte ich Ihnen allerdings nicht mal mehr sagen, wenn Sie mich dafür ans Kreuz nageln würden. Aber da hab ich gespürt, wie mich ein schrecklicher Schauder überkam, fast, als wär mir das Blut in den Adern zu Eis gefroren. Ein Gefühl wie aus einer anderen Welt, nicht aus dieser.

Cornelius?

Momentchen noch. Ich drehte mich um. War mir sicher, dass jemand hinter mir stand. Aber da war nichts und niemand. Ich dachte, da wären Augen in der Dunkelheit. Aber da waren keine Augen, John. Nur schien die Dunkelheit näher heranzurücken, so als wollte sie nach mir greifen. Auf meinen unschuldigen Füßen wurde ich langsam hierhin und dorthin geschoben, fast als würde ich von einem Tanzpartner geführt.

War's der Teufel?

Nun mal halblang, John, okay? Mir war, als würde ich hochgehoben.

Ein Schwebegefühl?

Na ja, ich wurde ... eben emporgehoben, anders kann ich das nicht beschreiben.

Okay.

Empor!

Und was ist dann passiert?

Die ganze Luft wurde aus der Welt gesaugt. Es herrschte äußerste Stille. Und ich konnte alles sehen. Kennen Sie das? Ich konnte die kleinsten Dinge sehen und die größten. Ich konnte übers Meer sehen und über Bergrücken, und ich konnte selbst einer Made in die Ohren blicken.

Da gab es Maden?

Und als Nächstes war da ... Herrgott noch mal ... ich weiß nicht ... ich kann es nur einen Riss im Himmel nennen.

Okay.

Das ist kein Witz. Ein Riss! Und ich sah hinein. Und was hab ich gesehen?

Also, das will ich jetzt aber hören.

Ich sah den verfluchten Meeresgrund. Und er war leer und verlassen bis auf ein paar kleine Wedelpflanzen und Felsen und diese eine ... kleine ... weise dreinblickende ... Krabbe.

Eine Krabbe?

Ganz genau.

Und weise?

Und musikalisch, John, denn sie hat mir verdammt noch mal was vorgesungen.

Cornelius?

Fragen Sie bloß nicht. Selbst wenn Sie mich aufs Streckbett spannen, kann ich Ihnen die Worte der Krabbe nicht wiederholen. Aber das Gefühl, das sie in mir geweckt hat, kann ich Ihnen leicht beschreiben.

Na, dann los.

Extremer Frieden, John. Cornelius O'Grady bestand nicht mehr aus Haut und Knochen und all dem Elend, sondern nur noch aus einem einzigen reinen Lächeln der Glückseligkeit.

Und Sie schwebten immer noch?

Über Nacht und Himmel, ohne dass es mich im mindesten scherte. Mann, hab ich mir gesagt, das ist echt gut.

Und wie ging es aus, Cornelius? Wie war das Ende?

Ich bin wieder zu mir gekommen, John.

Kann ich mir denken.

Lag auf dem Rücken mitten im besagten Feld, und es hat wie aus Eimern auf mich runtergeschifft.

War das morgens?

Ein so trostloser Morgen, wie man ihn sich kaum vorstellen kann. Wenn Sie auf so einem kleinen regennassen Feld aufwachen, wissen Sie, dass Sie eine harte Nacht hinter sich haben.

Scheint in dieser Gegend ja öfter vorzukommen.

Und was glauben Sie, warum das so ist?

Keine Ahnung.

Weil die Felder verhext sind, John.

Das klingt so ganz sachlich, Cornelius.

Tja.

Cornelius stellt den Motor ab – das Boot treibt entlang der Küstenstraße. Im Dunkeln erheben sich Stimmen. Auf den Kieseln eines schmalen Strands steht ein Auto. Männer unterhalten sich umkapselt von Rauch und Scheinwerferlicht. Sie sind ganz in der Nähe, das Boot aber gleitet still und unbemerkt durchs Wasser.

Presseleute, sagt Cornelius.

Während sie vorüberdriften, schallt eine Stimme einen Moment lang deutlich herüber –

Wenn der noch mal schlappmacht, war's das endgültig. Dreißig Pfund, dieser Auspuff.

Irgendwie teuer, sagt Cornelius.

So ist die Welt, sagt John.

Eine Weile brennt das Heimweh. Aber er will nicht zurück. Die Zeit in England ist vorbei. Wozu verdammt ist England eigentlich nütze? Würstchen und Bier und blasse gaffende Goschen. Er sitzt im Boot, und Scheiße ja, er schöpft. Lippenstiftränder auf weißen Porzellantassen in Bahnhofcafés. Das Boot zieht in seinem träge wummernden Rhythmus dahin, steigt und fällt und schneidet durchs Wasser. Der Magen hängt ihm sonst wo. Sein Herz sehnt sich nach dem alten England. Der dunkle Himmel grummelt; in den nahen, flachen Bergen grollt es.

Heilige Kacke, sagt Cornelius.

Ich habe den Anzug Ihres Vaters ruiniert, sagt John und schöpft.

Da, wo er jetzt ist, kann er nichts damit anfangen.

Denken Sie manchmal daran, wo das sein könnte?

Ehrlich gesagt, ja.

Dachte ich mir.

Ich stelle es mir wie ein abschüssiges Feld vor, John, das ans Meer grenzt. Der Tag nicht übel, vielleicht ein bisschen wie heute. Maienzeit. Vom Feld aus sieht man übers Meer, zumindest über eine weite, saubere, still daliegende Bucht. Das Wasser glatt wie Glas. Man spaziert über dieses Feld, aber da man nun mal ist, was man ist, wirft man keinen Schatten. Die Sonne bricht durch die weißen Wolken am Himmel, viel Wärme verbreitet sie allerdings nicht. Am Feldrand, im Grabenschatten, fühlt sie sich sogar recht kalt an. Man läuft, aber die Füße berühren keinen Boden. Man schwebt in der Luft, schwebt über Disteln und Blüten. Man schwebt nur wenige Zentimeter hoch, was den Bewegungen eine angenehme Leichtigkeit verleiht. Man durchschreitet den Äther, die Augen grün gefleckt wie bei einem jungen Fuchs. Die Luft schmeckt nach Salz, was wiederum nach Sex schmeckt. Vom Kopf bis zu den Zehen ist man schwerelos und bebt geradezu vor Entzücken. Von der Bucht weht eine leichte Brise heran, die dennoch stark genug ist, einen umherzupusten. Und so driftet man übers Feld von hier nach da und wieder zurück. All das ist urkomisch. Wie ein zum Himmel aufblickendes Schaf. Wie ein Zaunkönig, der auf glücklich wackelndem Sterz aus einem Loch in der Steinmauer flitzt. So verdammt komisch. Diese Welt kennt keine Trauer. Diese Welt ist nichts weiter als ein tiefer, behaglicher Seufzer. Das Feld senkt sich zum Meer, und das Blut pulsiert noch wie in den besten Tagen der verdammt ungehobelten Jugend. Und dieses Feld, John, liegt ganz gewiss irgendwo im Westen Irlands.

Sie fahren hinaus in die Bucht. Das Wetter schlägt um. Mit jedem vergehenden Moment wird die See rauer. Es sind sentimentale Kräfte am Werk. Und zudem ist da die Heimsuchung durch die Toten – steht quer über den Himmel geschrieben. Mit einer Hand an der Pinne lenkt Cornelius unbekümmert das Boot, der Blick ungerichtet und heiter. Über uns ändert sich der Himmel, wird unheimlich dunkel. John kommt sich wieder mal abhanden, was vielleicht der Zweck des Ganzen ist. Ärger ist ein Mantel, den man sich selbst umwirft. Das Boot fährt, drum herum Vergangenheit. Das alte England hat ihn wieder, wie so oft – er ist ein Kind des Zweiten Weltkriegs. Er schrie sich in einer Möchtegernmetropole ins Leben, und zur Feier des Tages regnete es abertausend Nazibomben. Da war sexy Adolf mit seinen Tanzschühchen. Über den Himmel Englands schwebten Todesflieger. Und jetzt kreisen Möwen über der plötzlich stillen Clew Bay, und die Bucht kommt zur Ruhe, wenn auch nur einen Herzschlag lang; dann gibt es einen heftigen, harten Schlag aufs Wasser, und alles taumelt und dreht sich wieder, und er denkt: Was kann uns im schlimmsten Fall hier draußen schon passieren? Verdammt viel vom gottverdammt Allerschlimmsten.

Cornelius?

Ja, John?

Ich denk mir gerade: Scheiß drauf, die nächstbeste Insel tut's auch.

Ich denk genauso.

Mit diesen Worten segelt sie in Sicht. Es ist nicht seine Insel, sondern irgendeine. Das Boot legt sich behände in die Wende und balbiert Schaum vom Wasser. Abwartend liegt die kleine Insel im Wind und wilden Regen; sie wartet mit grauer, unendlicher Geduld. Verströmt sogleich eine rührselige, sentimentale Atmosphäre. Noch hat er keinen Fuß auf ihr Gestein gesetzt, doch schon wird ihm ganz feierlich zumute, und er will sich auf die Suche begeben –

Beginnen Sie, Cornelius, sich nach einer Weile nicht zu fragen?

Was denn, John?

Warum wir hier sind?

Mitten in der Clew Bay an einem Sonntag, wie man ihn sich erbärmlicher kaum vorstellen kann?

Na ja, eher allgemeiner.

Ach, herrje, John. Übermannen Sie schon wieder irgendwelche Gefühle?

Ich weiß, ich weiß.

Diese großen, traurigen warmen Gefühle, John? Sie zu ignorieren ist das Beste, was Sie machen können.

Ich wünschte, ich könnte! Ich wünschte, ich könnte an nichts anderes als an die schönen Dinge denken. Das Kind, die Liebe, mein Zuhause und all das. Ich wünschte, ich könnte ans verfluchte Geld denken. Nur werde ich jedes Mal wieder in der Zeit zurückgeworfen. Gründle wieder in der Vergangenheit, im Trüben. Ich habe einfach nicht im Griff, Cornelius, was mein verdammtes Hirn so treibt. Wissen Sie, wo ich manchmal bin? Nur so als verfluchtes Beispiel? In den verdammten zwanziger Jahren. Ich bin im Bluecoat-Waisenhaus. So verdammt grausam, so verdammt einsam! Mitten in der Stadt nachts wachzuliegen. Keine Brüder, keine Schwestern in der Nähe. Ein Kind, wach und einsam in der Stadt. Es ist Winter, tiefster Winter. Das mickrige verdammte Kerlchen im Eckbett. Dieses rotznasige, zerlumpte, schwachbrüstige Balg. Der beste Teil von dir ist deinem Dad das Bein runtergetropft, nicht, Freddie?

Ach, John.

Und ich werde diese Tränen nicht abwischen. Mein alter Herr? Der war wie ich, nur ohne diesen Funken. Ich hätte leicht selbst ein verdammtes Desaster werden können. Ist so, wie meine Tante immer sagte – ich bin der Idiot, der Glück gehabt hat.

Können Sie nicht dieses eine Mal nachsichtig mit sich sein, John?

Nein, verdammt, kann ich nicht.

Die Insel ist so trostlos, wie es der erste Blick vermuten ließ. Durchs Wetterelend trotten sie über die Kiesel am Strand. Ein steifer Wind zieht ihnen die Augenbrauen hoch. Empörendes Wetter. Gespenstisch rutschen und klacken die Kiesel unter jedem Schritt. Das Klicken und Klacken der Dominosteine, wenn an den Nachmittagen in Liverpool die alten Chinesen auf der Berry Street spielten – genau derselbe Ton, dieser Knochenlaut. Knöchelchen werfen, so wurde es in den Pubs von Liverpool auch genannt.

Cornelius ist glücklich, wie er so durchs Wetter pflügt; Finsternis, Regen und sprunghafter Wind sind ihm von klein auf vertraut.

Über uns, John, sehen Sie das?

Eine Flaute trägt ihm die Worte zu. Auf einer Anhöhe oberhalb der Flutlinie steht die Ruine eines Cottages, kauert vergrämt im Schatten der Steine. Sie staksen darauf zu. Wie verstörte Soldaten stehen die halb verfallenen Mauern. Er tritt ins dachlose Innere, Cornelius tut es ihm nach. Sie lehnen sich an die Mauern. Mauer und Mensch stützen sich gegenseitig. Knöchelchen werfen – wird so nicht auch die Zukunft vorhergesagt? Hier sind sie wenigstens vorm Wind geschützt. Sie mustern sich abschätzend.

Und was war jetzt Ihr Plan, John?

Sie können mich mal, Cornelius.

Wie die halbverfallenen Mauern den Blick rahmen. Jetzt ist nichts mehr zwischen ihnen und dem Himmel. Mit heftigen Querschlägern schickt der Wind rasche Anfragen durch die Lücken, verstummt aber ebenso schnell wieder. Dieser Wind über der Bucht und der Regen sorgen für launische Musik. Ich wollte mich hervortun in der Welt, und verdammt, hierher hat's mich gebracht. Auf diese Insel hat mich die georderte Reise geführt. Bewegung am Himmel, es ist hell und dunkel zugleich. Größe des Hauses? Kaum geräumig genug für eine Familie. Allerdings waren die Menschen damals kleiner, eine Welt voll eins sechzig großer Erwachsener, die Kinder kaum mehr als Elfen. Diese Steine, immer noch schwarz, müssen Reste der Herdstelle sein. Er steckt sich eine Kippe an. Also war die gleich hier, und da vielleicht die aneinandergekuschelten Schläfer – eine Familie. Und hielten sie sich eng umschlungen, der Wärme wegen und der Liebe, gegen Wind und Inselnacht?

Nein, John. Hier hat höchstens mal ein armer Bauer übernachtet. Und das auch nur ein paar Wochen am Stück, im Sommer, wegen der Schafe.

Verstehe.

Hat sich die Maden aus dem Magen geschissen, gelben Neid gesoffen und in den Herd gespuckt.

Schön gesagt.

Mein eigener Vater hat solche Orte noch genutzt, John. Im Frühling und im Sommer fuhr er rüber. Wochenlang haben wir ihn dann nicht gesehen. Was für alle Beteiligten eine verdammte Erleichterung war. Er ist einfach nicht mit sich klargekommen und mit der Welt auch nicht. Es gab Zeiten, da ging es ihm so schlecht, dass er keine Tasse Tee zum Mund führen konnte. Willst du Tee, hat meine Mutter ihn gefragt, hat vielmehr mich gebeten, ihn das zu fragen; und mein Vater sah mich an, die Augen wie Steine im Kopf, und er hat gesagt, ich will keinen Tee, Cor, und dann hat er den Blick gesenkt und sich in sich verkrochen wie ein verwundetes Tier in seinen Bau. Ihm konnte man es nie leicht machen. Und wie er gestöhnt hat – ich kann ihn heute noch hören, John, kann morgens manchmal dasselbe Stöhnen auch aus mir dringen hören. Was mich verdammt beunruhigt. Haben Sie gewusst, dass sich das Stöhnen vererbt? Mein Vater hat die Schafe im Sommer auf die Insel gebracht. Ich frag mich, ob er besser mit sich klarkam, wenn er allein war. Ich bezweifle es. Er war ein kluger Mann, aber eben dieser wache Verstand hat ihn an dunkle und schwierige Orte geführt. Dann ist er in sich abgetaucht. Wurde völlig still. Wir wussten, dass er sich tief unten an einem üblen Ort befand, weil die ganze Farbe aus seinem Gesicht gewichen war. Als hätte jemand bei einem Elektrostrahler den Heizstab ausgeschaltet – so schnell ging das. Er wurde sehr blass, und ich sagte nichts, und meine Mutter sagte auch nichts, und ich ging nach draußen, kickte aber nicht mal einen Ball an die Giebelwand. Das konnte ein, zwei

Stunden dauern, manchmal auch eine ganze Woche. Dann aber durchquerte er mit federndem Schritt den Hof, und da wussten wir, es war vorbei, auch weil er «gut so, Cor» sagte und mir vielleicht sogar über den Kopf strich. Dabei kehrte erst langsam die Farbe zurück in sein Gesicht. Keine Ahnung, wo genau er sich da rumgetrieben hatte. Jetzt aber bewegte er sich mit Schwung, als wollte er mich beruhigen und mir sagen, dass er wieder gut drauf war.

Jetzt ist es Cornelius, der weint.

Väter und Söhne, ach ...

Klappe, John! Ich bin völlig durch den Wind.

Zwischen den Mauern der erinnerungsträchtigen Ruine warten sie darauf, dass sich das Wetter beruhigt. Er schaut durchs eingefallene Fenster auf die Bucht. Ein weißes spanisches Pferd galoppiert über die flachen Wellen. Das behält er lieber für sich. Er kneift die Augen zusammen, damit das, was er sieht, wie eine optische Täuschung wirkt – das Pferd aber verharrt, dreht sich um, stellt sich auf die Hinterbeine und schnaubt fahles Feuer. Dann verschwindet es im Dunst und in der Ferne. John kauert sich zusammen, schlingt die Arme fest um sich und schließt die Augen, um den Bann zu brechen.

Was ist denn nun wieder, John?

Ehrlich gesagt, Cornelius, ich fürchte, ich hab jetzt wirklich eine Schraube locker.

Kein Wunder. Der Wind ist dabei, auf Ost zu drehen. Keiner von uns tickt noch richtig, wenn der Wind auf Ost dreht.

Aber ich hab scheißverdammte Visionen, Cornelius!

Würde mich überraschen, wenn's nicht so wär.

Das Wetter bleibt rau.

Er gönnt sich eine Kippe und lauscht aufmerksam.

Er reist.

Ich bin wieder weit weg, sagt er.

Wohin hat es Sie diesmal verschlagen, John?

Auf die verfluchte Mount Street. Ende der Fünfziger, denke ich. Ein Winterabend, und durch die Stadt bläst ein fieser Wind. Damals war ich an der Kunsthochschule. Den Kopf hoch in den Wolken. Es ist noch früh am Abend, und ich stehe vor dem College, stehe an der Ecke Mount und Pilgrim Street. Und rede mit irgendeinem Penner über die neue Band, die er zusammenstellt. Er fragt mich über Bandnamen aus, was hältst du von dem Namen, John, und was von dem, John, und ich habe keine Ahnung, also geht er hin und nennt seine verdammte Band *Die fliegenden Eier* oder was weiß ich, und ich sage ja, ja, okay, klingt klasse, und da beginnt sich sein Gesicht aufzulösen.

Sich aufzulösen?

Ich weiß nicht, wie ich es anders beschreiben soll, Cornelius, aber die Jahre schälen sich davon ab, und die Zeit verschiebt sich.

Das kenne ich.

Er wird zu einem anderen Menschen. Kommt aus einer anderen Zeit. Er haut jetzt ab aus dem kalten Winter, sagt er, aus dieser elenden Luft, und er erzählt mir von spanischen Orten, dem Hafen von Cádiz, von Orangenbäumen im verdammten Málaga, was weiß ich, dabei wird er sein Mädchen so sehr vermissen – ihr langes braunes Haar – und auch seine irische Mam, die ihn so abgöttisch liebt – und ich kann ihn gar nicht schnell genug loswerden, so einen Schiss habe ich. Ich gehe und winke ihm zu, und er sagt, bis dann, John, und ich laufe die Rice Street hoch, bin auf dem Weg zum Ye Cracke – es ist noch früh am Abend, der Laden leer –, und ich setz mich allein mit einem halben Bitter in den War Room, verzieh mich in eine Ecke und steck mir eine an, will mich beruhigen, denn draußen tobt die Stadt, tobt überall um mich herum, als wäre sie außer Rand und Band, und ich weiß nicht, wo zum Teufel ich bin, auch nicht wann, und wissen Sie, was ich mir da sage?

Was denn?

Ich sage –

Halt dich verdammt fest, John.

Cornelius?

Ja, John?

Träumen Sie manchmal noch von Ihrem alten Herrn?

Das wären für mich keine schönen Träume, John. Hab ich Ihnen das nicht erzählt? Am Ende hat er sich selbst ein Ende gemacht.

Oh, tut mir leid.

War besser so für ihn. Was würde es da schon bringen, mir vorzustellen, wohin er gegangen ist?

Nichts. An diesen Ort dürfen Sie nie denken. An diesen dunklen, glamourösen Ort dürfen Sie nie denken.

Wie ist es passiert, Cornelius?

Tja, wie bei einem Hund, der ein gewisses Alter und ein gewisses Maß an Gleichgültigkeit erreicht hat, weshalb er sich eines Abends im Gebüsch verkriecht. Mein Vater hat mitgekriegt, was ihm bevorstand. Und danach haben wir ihn nicht gefunden, so wie man auch den alten Köter nicht finden würde – man findet ihn einfach nicht – denn mein Vater, daran hab ich nicht den geringsten Zweifel, ist ins Meer gegangen. Das war sein Leben lang in der Nähe, und er dürfte schon immer den Gedanken gehabt haben, dass das Meer einen Ausweg bot. Er war keiner von denen, die sich in der Scheune an einem Balken aufhängen. Dafür war er zu rücksichtsvoll. Der Mann kannte keine Eitelkeit.

Der Abend zieht über der Bucht auf und damit eine Stille, die man fast für verständig halten könnte. Der Wind flaut fast völlig ab. Erfreut verlassen sie die elende Ruine und laufen zum Boot. Es tuckert hinaus aufs dunkle Wasser.

Wir kommen näher ran, John, ob wir wollen oder nicht.

Das Boot zieht über die Bucht. Träge dümpeln die winzigen Inseln im Abendlicht. Sein Herzschlag beruhigt sich zu einem langsamen, dumpfen, gleichmäßigen Pochen. In null Komma nichts ragen deutlich die größer werdenden Klippen von Dorinish vor ihnen auf.

Oh, da, sagt er.

Sie haben es endlich auf seine Insel geschafft.

In dem Koffer ist eine Tube Zahnpasta, John. Auch eine Bürste. Und eine kleine Flasche Whiskey für alle Fälle, ein paar Dosen Bohnen, Streichhölzer und gut getrocknetes Anmachholz. Es wird den einen oder anderen Schauer geben, aber an diesem Ort trocknet man genauso schnell, wie man nass geworden ist. Es gibt Brot, eine Packung Kochschinken in dicken Scheiben. Und was immer Sie auch tun, essen Sie den verdammten Schinken. Sollten Sie auf den Felsen ein großes grünliches Ei sehen, gefleckt und kaum kleiner als Ihr eigener Schädel, dann möchte ich, dass Sie langsam einen weiten Bogen drum machen – das ist ein Seeschwalbenei. Die verdammte Mutter hackt Ihnen die Augen aus, wenn Sie dem zu nahe kommen, und es wär doch schrecklich für einen Mann, auf seiner eigenen kleinen Insel in der Clew Bay ein Auge an einen irren Vogel zu verlieren. Hören Sie zu, John?

Ja, Cornelius, ich höre.

Er steht auf der Insel und winkt dem Boot nach, das langsam zurück in seine eigene Welt tuckert. Der gegürtete Lederkoffer steht ihm zu Füßen. Er trägt den Anzug des alten Mannes. Die Möwen schweben über dem Wasser, segeln durch um die Nacht. Drüben auf dem Festland perlen die ersten Lichter. Er lauscht aufmerksam – ach, gib mir ein Zeichen, dass dies nicht der Ort des Endes ist. Das hohle Geräusch, das die See erzeugt, spricht von nichts so sehr wie von der gedämpften Stille des großen Schlafs, der da kommen wird, ob schon bald oder erst dereinst. Auf der Insel ist es kalt, die Vögel sind laut – ihm graut davor, sich umzudrehen und sich dem Innern zu stellen. Das Boot wird in der Ferne immer kleiner; es verschwindet. Er versucht zu sich zurückzufinden. Seine Lippen bewegen sich, bilden Wörter, und lange schaut er hinaus aufs dunkle Wasser. Wieder fällt er. Er will jetzt zu Hause sein, fort von diesem kalten Ort. Will sich nie wieder so alt fühlen. Zahlreich sind die Lichter auf dem Festland geworden und blinken hoffnungsfroh über das weite Wasser.

Schließlich dreht er sich um und stellt sich der Insel. Es ist so verdammt kalt hier draußen auf dem Fels. Als er über den rutschigen, klackernden Damm geht, reden die Steine unter seinen Füßen, und die Nachtvögel sammeln sich, zwitschern in den Klüften und Spalten und geben ihr träges, zufriedenes Gesäusel von sich – im schummerigen Dunst der Nacht kann er endlich klar sehen. Die Anordnung der Lichter auf dem Festland ist gewiss eine etwas unheimliche Notenschrift, aber sie ergibt eine Melodie – er summt sie eine Weile vor sich hin, und alle Vögel verstummen. Er hat schreckliche Angst und ist zugleich ekstatisch, durchmisst sich von Ost nach West. Leise Stimmen dringen vom Meer herüber. Das Wasser rauscht, und im Dunkeln ist ein Boot – wieder sind sie auf der Suche nach ihm. Der Motor wird abgestellt, und er sieht an Bord kauernde Männer, die im Licht heller Taschenlampen sichtbar werden, Männer mit Kippen und Flachmännern, aber er hat verdammt keine Angst vor ihnen und steht hoch aufgerichtet auf einem großen Fels, um Ausschau zu halten und ihnen entgegenzusehen, und das Boot kommt stetig näher, und im Schein der Lampen erhebt sich einer der Männer und ruft –

Mr. Lennon? Möchten Sie vielleicht ein Statement abgeben?

Aber so was von scheißverdammt noch mal gern, sagt er.

Haben Sie Stift und Papier zur Hand? Bereit, die Aufnahmetaste zu drücken? Gut, meine Herren, dann lassen Sie mich beginnen. Ich bin aus Lumpen, Knochen und Hautfetzen. Ich gehöre dem dritten Geschlecht an. Mein Seelentier ist der Geißbock, an manchen Tagen vielleicht auch der Hase. Ehrlich gesagt, ich weiß das nie so genau. Ich komme und gehe durch Zeit und Raum. Hobbys? Ich rede gern am Telefon. Ich halte liebend gern ein Schwätzchen. Ich telefoniere mit Liverpool, ich telefoniere mit der Brasilinsel, ich telefoniere mit dem verdammten Mars. Ich vertraue meine Stimme bevorzugt Telefonleitungen an. Wenn Sie mögen, könnte ich Ihnen ein wenig Lyrik zitieren. Bereit für ein bisschen Gerard Manley Hopkins? Heute Morgen fing ich des Morgens Liebling – eine Zeile aus dem Gedicht, in dem er einen Vogel sieht und ganz hin und weg ist, weil er die verschissene Natur doch so wahnsinnig liebt. Natur? Von der hatte ich mehr als genug, Gentlemen. Alles nur eine Illusion, wie sich herausgestellt hat. Zieh den verdammten Vorhang beiseite, und weg ist sie. Eine verschissene bemalte Kulisse. Ein Diorama. Ich bin voller Gift und Galle und Bleichgesichterblut. Ich fürchte, Sie erwischen mich in einem Moment, in dem ich ziemlich beschäftigt bin. Ich will nämlich gerade unter einen Fels kriechen, um mit den Maden zu palavern. Außerdem machen mir diese Seeschwalben mächtig zu schaffen. Die übertreiben's mal wieder, finden Sie nicht? Wenn Sie mich unbedingt fotografieren müssen, junger Mann, dann machen Sie ein schönes Foto und knipsen Sie meine gute Seite. Ist eigentlich die andere. Die hier lässt mich nämlich aussehen wie die junge Rita Hayworth, die andere wie ein verdammter Quasimodo. Herren mit Buckel habe ich stets beneidet. Da beklagt sich niemand übers lange Gesicht, oder? Nun, was kann ich Ihnen sonst noch erzählen? Die Nummer neun fährt nach Dingle – Sie würden mich nie in einem Liverpooler Bus erwischen. Letzten Monat hatte ich eine kleine Beule auf dem Rücken, dachte, jetzt wächst mir ein Buckel. War nur ein Furunkel, wie sich herausstellte, so eine Enttäuschung. Was kann ich Ihnen sonst noch sagen? Ich finde, wir sollten uns alle lieben und begehren, auch wenn ich da nur wenig Hoffnung hege. In diesen Anzug könnte ich noch reinwachsen, denn ich gebe Ihnen völlig recht, er sitzt nicht besonders. Gehen Sie verständnisvoll mit sich um, meine Herren, Sie werden nicht ewig leben. Und fallen Sie ruhig mal über die verlogenen, heuchlerischen Fettärsche her, die den verdammten Ton angeben, okay? Riechen Sie an den Blumen und so, und ficken Sie einander frohgemut. Noch was zu ergänzen, Gents? Noch irgendwelche Fragen? Wie wär's mit noch ein wenig Gerard Manley Hopkins? Aber gern doch. Blaugraue Asche fällt hernieder, scheuert und klafft in güldenem Zinnoberrot. Was für ein verdammter Witz, finden Sie nicht? Gute Nacht, Gentlemen. Eine sichere Heimfahrt übers Meer.

TEIL ACHT

Das tolle verlorene *Beatlebone*-Band

Der Toningenieur, Charlie Haimes, stößt die Stahltür auf und tritt hinaus in den frühen Morgen. Er sitzt auf der Stufe der Feuerleiter, auf der er fast an jedem Morgen dieser letzten schwülen Wochen gesessen hat. Es ist kurz nach sechs und schon sehr warm. Selbst das Geländer der Feuerleiter fühlt sich bereits warm an. Er, Charlie Haimes, gönnt sich eine weitere Kippe. Es ist Ende Juli, und der Rauch brennt in der Lunge.

Drinnen wabert und wuselt ein Verzerrer. Ein Effektgerät zischt und rotzt. Ein Theremin läuft in langsamer, unheimlicher Endlosschlaufe. Dann ein mit dem Buffer-Pedal gehaltener Schrei. Für Charlie Haimes klingt das alles, als würde einer Katze übel mitgespielt. Aber was weiß denn Charlie Haimes schon?

Die Musik reißt ab, und es folgen Schritte, die Stahltür schwingt erneut auf – John tritt nach draußen. Er zieht ein Gesicht. Er stützt sich aufs Geländer und blickt über die Stadt, zumindest über das, was man auf der Feuerleiter davon sehen kann – einen Wäschereibetrieb, den Hinterhof eines türkischen Restaurants, den Ausschnitt einer Straße am frühen Morgen. Er nimmt die Brille ab und reibt sich die müden Augen.

JOHN Heroin, Charlie.

CHARLIE Mindestens, John.

JOHN Speedballs, Charlie.

CHARLIE Irgendwas brauchen wir jedenfalls.

JOHN Eine Kiste Wodka. Klingt ziemlich schräg da drinnen.

CHARLIE Ein bisschen schon.

JOHN Klingt wie in einem verdammten Irrenhaus, nur nicht besonders gut.

CHARLIE Wird eben ein anspruchsvolles Werk.

JOHN Die werden mich in der Luft zerreißen, Charlie.

CHARLIE Sind eben keine Songs. Was man sonst so drunter versteht. Keine songtypischen Songs, meine ich. Aber genau darum geht's ja, John.

JOHN Und Sie glauben, Mr. Haimes, das wäre mir neu?

CHARLIE Ich behaupte ja nicht, dass es unbedingt songtypische Songs sein müssen. Was man sonst so drunter versteht.

JOHN Es sind neun verdammte Stücke.

CHARLIE Aber haben die den Flow? Wie sonst auch immer?

JOHN Den Flow, Charlie? Was glaubst du denn, was das hier ist? Scheiß-Supertramp? Wir übertreten Grenzen.

CHARLIE Das auf jeden Fall.

Der Morgen erhebt sich über der Stadt. Erste Lebenskratzer sind zu hören; auf dem Rangierbahnhof rühren und regen sich die frühen Anzeichen eines sommerlichen Donnerstags.

CHARLIE Die Sache mit dem Verzerrer, John?

JOHN Die Sache mit dem Verzerrer, Charlie, ist die, dass ich keine Ahnung habe, wie man das verdammte Ding bedient.

Während die Sonne langsam höher steigt, dringt von tief unten das Rattern der ersten Züge herauf. Der Tag wird wieder glutheiß werden. John kneift die Augen zusammen, nuckelt an seiner Kippe und wirft dem Toningenieur Charlie Haimes einen bedeutsamen Blick zu.

JOHN «Family of Three» wird langsam. Vom Theremin mal abgesehen. Womöglich eine Single?

Wenn es einen verdammten Refrain hätte, denkt Charlie Haimes.

JOHN Waren lange sechs Wochen, Charlie, aber zwei noch, und wir haben es geschafft. Vielleicht auch drei.

CHARLIE Dann wären es letzten Endes neun. Um das nur mal so beiläufig zu erwähnen.

JOHN Ach, weißt du, die Sache mit den Neunern, Charlie – ehrlich gesagt, diese Scheißneuner stehen mir bis sonst wo. Ich sehe diese verschissenen Neuner überall. Hänge allem Möglichen eine Neun an. Von diesen verdammten Neunern habe ich die Schnauze gestrichen voll.

Sie ernähren sich von Kippen und kaltem Tee. John bläst den Rauch langsam in den Morgen. Dann dreht er sich um und mustert mit neuem Interesse den Toningenieur Haimes.

JOHN Woher kommst du eigentlich, Charlie? Ursprünglich.

CHARLIE Aus der Gegend um Douglas.

JOHN Du redest von Douglas auf der verschissenen Isle of Man?

CHARLIE Genau das.

JOHN Bist ein Manx?

CHARLIE Salzwasser statt Blut.

JOHN Glaubst du, es wird klarer, Charlie?

CHARLIE Was denn?

JOHN Der Sinn des Ganzen.

CHARLIE Tja ...

JOHN Okay.

Von Sekunde zu Sekunde wird es wärmer. Der überreife Gestank der Stadt steigt auf. Wie Delhi an einem miesen Tag, denkt Charlie Haimes, dem der Magen Probleme bereitet. Er war eine Zeitlang in Delhi, unser Charlie. Der Charas da. Nie wieder diesen klebrigen Schwarzen – nie wieder Charas. Einmal nachts, da hat er geglaubt, ein Vogel spräche mit ihm. Ein andermal ein Stuhl.

CHARLIE Und was hält Ihro Gnaden davon?

JOHN Tja, Ihro Gnaden ist nicht mit von der Partie, oder?

CHARLIE Wie ist denn so die Lage? Tauwetter?

JOHN Was für ein starkes Wort, Charlie.

John blickt zum Himmel auf und betrachtet das simple Blauweiß – als stünde da oben die Antwort.

JOHN Worum geht's? Scheißletzten Endes? Um das, was man sich zumuten muss, wenn man was von bleibendem Wert schaffen will. Es geht um die dunklen Orte und darum, dass man nutzt, was sich dort findet.

John schnippt die halbgerauchte Kippe fort. Er legt die Arme aufs Geländer, dann das Kinn auf die dünnen Arme.

JOHN Und jetzt eine womöglich seltsame Frage, Charlie: Ist das im Grunde so was wie ein okkultes Scheißjazz-Ding?

CHARLIE Durchaus möglich, das so zu sehen, John.

Der Morgen zieht über den weißblauen Himmel. Der Tontechniker Charlie Haimes wünscht sich, er wäre zu Hause, im Farmhaus, bei Dora und den Gören und könnte sich bei einem Joint darauf freuen, die Tomaten zu ernten. Gibt nicht viel, was man Charlie Haimes in Sachen Tomaten noch beibringen könnte.

CHARLIE Immerhin sind die irischen Parts in Sack und Tüten.

JOHN. Immerhin. Dieser verdammte Fiedler?

Über den lachen sie sich einen Ast. Das nimmt die Anspannung. Der Fiedler war eine eins fünfzig große Null, stank nach Whiskey und hatte den matten Blick eines schlaffen Onanisten. John nahm an, dass er immer wieder aufs Klo verschwand, um sich einen abzuschütteln.

JOHN Hat wohl mal mit Van Morrison gespielt.

Eines traumatisierten Morgens platzte dem falkengesichtigen John um vier Uhr früh der Kragen: Okay! Schluss mit den verdammten Fiedeln! Mit denen sind wir fertig, und zwar ein für alle Mal, Charlie!

JOHN Vielleicht bin ich einfach nicht mehr abgespact genug, Charlie. Vielleicht bin ich nicht mehr so abgespact, wie es diese verdammte Platte werden soll.

Dazu hat Charlie Haimes nicht viel zu sagen. Gegenüber kommt die Sonne zwischen den Rückseiten der Gebäude durch. Im Morgenlicht wirkt Johns Haut nachtarbeiterblass.

JOHN Was ich da in der Höhle gehört habe, Charlie?

CHARLIE Ja?

JOHN Ich kann nicht mal ansatzweise sagen, wie gut es hätte sein können.

John beugt sich übers Geländer und blickt nach unten. Er stößt einen aus langem Leid geborenen Seufzer aus. Lässt sich in eine sitzende Haltung sinken.

JOHN Ich glaube wirklich, dass sie da sind, weißt du? Die Toten. Ich glaube, die sammeln sich draußen überm Wasser. Wie wollte man sich sonst die vielen einsamen Trübsalbläser an der Küste erklären?

Das geht jetzt in eine merkwürdige Richtung, findet Charlie Haimes. Auch wenn es da diesen Tag in Llandudno gegeben hat, an dem er wegen seiner Nanny so weinen musste.

CHARLIE Hab in Llandudno mal wegen meiner verstorbenen Oma geweint. Auf der Uferpromenade.

JOHN Ach?

CHARLIE Ich glaub, das war an einem Sonntag. Ich stand auf der Promenade und hab mir die Augen ausgeheult.

JOHN Hast du deiner alten Nanny denn so nahegestanden, Charlie?

CHARLIE Das war ja das Verrückte, John. Ich konnte die alte Hexe nie ausstehen. War das strengste Weib in ganz Douglas. Und das will verdammt noch mal was heißen. Hat mir vier Würstchen geschenkt, als ich die Erstkommunion hinter mir hatte.

JOHN Versponnene Typen werden von offenem Wasser angezogen, Charlie. War schon immer so.

CHARLIE Wenn du das sagst.

JOHN Willst du, dass ich noch ein bisschen genauer werde?

CHARLIE Klar.

JOHN Das liegt daran, dass jeder, der aufs Meer sieht, die verfickte Unendlichkeit erblickt.

CHARLIE Was für eine Unendlichkeit?

John verschränkt die Finger, formt eine Muschel – oder eine Meeresschnecke? – bläst hinein und öffnet die Hände wieder – wusch – als wollte er eine Taube fliegen lassen.

JOHN Eine Unendlichkeit, Charlie, des Nichts.

CHARLIE Heroin, John.

JOHN Mindestens, Charlie.

CHARLIE Willst du wieder rein?

Er gibt keine Antwort. Die anhaltende Stille ist jetzt leichter zu ertragen, das erwachende London rosigrot. Sie haben eine Menge zusammen durchgemacht. Klappernde Knochen, Sturmböen und Gekreisch, okkulte Echos, einsame Airs, jähe irre Tänze, dumpfe Stimmen, scharfes Zischen, Irrenhausschreie, erbärmliches Gestöhn, Gewalt, Liebe, aber auch zärtliche Momente – eben Beatlebone. *Der erste Bus des Tages rumpelt unter flottem Geschnaufe vorbei.*

JOHN Je geschrien, Charlie?

CHARLIE Ein bisschen, wie es der Zufall will. Zu meiner Zeit damals.

JOHN Und? Was hast du gefunden? Charlie? Als du in dich eingetaucht bist?

CHARLIE Nichts, was der Rede wert wäre, John, wie sich gezeigt hat.

Charlie Haimes hätte das friedliche Leben genießen, sich um sein Gemüse kümmern und ein Kräutchen paffen kön-

nen, aber dann kam der Anruf. Steht was an, Charlie? Kate Bush im Oktober, vorher nichts. Tja, John ist in der Stadt. John? John. Du meinst John-John? Genau den.

JOHN Okay? Dann machen wir eine Platte?

CHARLIE Irgendwas wird es schon werden.

John steckt die Kippen ein; Charlie beobachtet ihn aufmerksam.

JOHN Denkst du manchmal daran, wie es war, ein kleiner Junge zu sein, Charlie?

CHARLIE Manchmal. Man sieht dann die Dinge mit anderen Augen und fängt an, sich zu erinnern.

JOHN Wann warst du in deinem Leben am glücklichsten?

CHARLIE Genau jetzt, glaub ich.

JOHN Du meinst, in eben diesem Moment? Wie nett von dir, Charles.

CHARLIE Ich meine, da, wo ich jetzt wohne.

JOHN In Wales, richtig?

CHARLIE Ganz genau.

JOHN Hat Roger Daltrey da nicht irgendwo eine Forellenfarm?

CHARLIE Gut möglich.

JOHN Ich hab's mit dem Leben auf dem Land versucht. War völlig von der Rolle. Hab's auch mit der Stadt versucht. Ist okay, mir letztlich aber scheißegal.

CHARLIE Und wie war's mit dieser Insel?

JOHN Der Traum davon war wichtiger als die Sache selbst, Charlie. In Wirklichkeit gibt es da nämlich nur rutschigen Fels, eine verdammt eisige See und cremeweißen Möwenschiss. Und vom Bansheegeheul des verfluchten Windes will ich gar nicht erst anfangen.

Ein Sommertag bricht an und breitet sich aus. Es wird auch heute höllisch heiß werden in dieser alten, uralten Ansiedlung. Er hat wieder diese abwesende Miene. Er – John – ist aufs Neue in die Verliese seiner Dunkelheit verschwunden. Als könnte all das keinen Unterschied machen, als käme jedes Mal, wenn er den Mund öffnet, nur ein Schrei heraus, mit dem er die hereinbrechende Düsternis, die Leere, den Moment durchdringt.

CHARLIE Die Queen Park Rangers haben eine junge Mannschaft. Könnten es dieses Jahr schaffen. Hab so ein Gefühl. Ziemlich begabte junge Mannschaft. Hast du was für Fußball übrig, John?

JOHN Ich war auf der Kunsthochschule, Charlie.

Der Toningenieur hatte es oft genug mit Typen dieses Schlags zu tun. Fragst du Charlie Haimes, sind die ein Fall von Entwicklungshemmung.

JOHN Man kommt nie über das hinweg, was einem mit siebzehn passiert.

Charlie Haimes versucht sich daran zu erinnern, wie es mit siebzehn war. 1961? Nicht gerade scheißgestern. Da-

mals dürfte er schon in Birmingham gewesen sein. Was für Charlie Haimes, siebzehn, frisch aus Douglas, nicht ganz reizlos war.

JOHN Da lief ich die Bold Street entlang. Und hatte so ein Gefühl. Außerdem war ich verdammt spitz, Charlie, verstehst du?

Der Morgen ist jetzt straff gespannt wie eine Trommel. Der erste Verkehr knurrt und faucht. Die Luft wird schwerer und schmeckt nach Öl und Poppers.

CHARLIE Immerhin besteht die Möglichkeit, dass du mit dem hier neue Wege einschlägst, John.

Das kommt gut bei ihm an.

JOHN Du meinst, das hier könnte unserer verdammten Zeit voraus sein?

CHARLIE Damit wär ich vorsichtig, aber trotzdem, ja.

JOHN Ein schöner Gedanke.

John steht auf und streckt sich. Er stöhnt, ach, die Jahre – stöhnt aus tiefstem Innern.

JOHN Ich werde alt, Charlie. Und ich fürchte, ich bin auch wieder mal ein bisschen zu dick.

Sinnlos, mit ihm darüber zu reden, denkt Charlie Haimes.

CHARLIE Das italienische Café macht bald auf. Wir könnten uns ein paar Hotdogs kommen lassen, oder?

JOHN Ach ...

John blickt müde zur Studiotür. Diese elenden, endlosen Scheißwiederholungen. Nicht gerade ein Zuckerschlecken, das Ganze. Ist es nie.

JOHN Vielleicht doch keine so schlechte Idee, eine Forellenfarm in Wales.

CHARLIE Die kriegen Läuse, die Forellen.

JOHN Hilft jetzt auch nicht gerade weiter, Charlie.

Im Studio läuft ein Band durch und beginnt von vorn – eine plötzliche Sturmbö, ein Halbtakt.

JOHN Was zur Hölle?

CHARLIE Keine Ahnung, wieso das jetzt läuft.

John steht auf und lauscht; Charlie lauscht im Sitzen. Ein leise schwebendes Thema, ein Halbrhythmus mit gesungenem Beat, etwas Geheimnisvolles.

JOHN Charlie?

CHARLIE Ich weiß.

JOHN Hörst du das?

CHARLIE Verdammt, ja.

Und jetzt ein dumpfes Brusttrommeln, eine Theremin-Schleife, die Sturmbö des Verzerrers, und weiße Pferde galoppieren übers Meer. John angelt nach seinen Zigaretten, drückt die Schachtel, schnippt eine Kippe vor, steckt sie an. Ein Wanderfalke zieht über den Himmel.

JOHN Ich hab da mal eine Frage.

CHARLIE Und die wäre?

JOHN Bei all dem, was wir hier aufgenommen haben, okay? Gibt's da Stücke, die eine irgendwie schräge Geilheit verströmen?

CHARLIE Geilheit?

JOHN Ja, Stücke, bei denen man sich gleich geil fühlt. So irgendwie, ich weiß nicht ... schwülstig?

CHARLIE Kann nicht behaupten, dass mir das aufgefallen wär, John.

Stets der Diplomat, Charlie Haimes, der es nach sechs Wochen im Studio nicht allzu genau wissen will.

JOHN Ach Scheiße, Mann, weißt du? Entscheidend ist doch nur, dass es ein verdammtes Meisterwerk wird und dass es besser ist als alles, was die anderen käsegesichtigen Pisser zu bieten haben.

Kate Bush wird dagegen ein Sonntagsspaziergang, denkt Charlie Haimes. Und er – John – beugt sich übers Geländer und schaut in den neuen Morgen über der knochentrockenen Stadt; seit Wochen ist in London kein Tropfen mehr gefallen.

CHARLIE Ich frag mich, ob wir für heute nicht Schluss machen sollten. Und abends wieder frisch ans Werk gehen.

JOHN Unsinn, Charlie. Wir ziehen das durch.

Sie stehen beide auf und wenden sich der Stahltür zu, die ins Studio führt.

JOHN Locker nehmen. So sollten wir das angehen, findest du nicht, Charlie?

CHARLIE Das ist mal ein Wort.

JOHN Ich meine, hast du gehört, was Scott Walker so treibt? Mit seinem Schrumm-schrumm-scheißlalala?

CHARLIE Avantgarde, John. Das ist es.

JOHN Darauf verwette ich meinen Bauernarsch. Scott Walker wird sich dagegen wie die verfickten Mamas and Papas anhören.

Die Mamas and Papas fand ich gar nicht so übel, denkt Charlie Haimes. Waren doch hübsch, diese Melodien. Zwischen den Rückseiten der Häuser – Wäscherei, türkisches Restaurant – kann man einen Streifen Straße erkennen, die Tottenham Street, die zur Goodge Street Station führt, und da kraucht auch schon der alte Italiener heran, immer der Erste auf der Straße. Muss an die achtzig sein, ein alter Fuchs, gleich macht er sein Café auf. Charlies Magen knurrt. Er könnte jetzt gut ein Schinkensandwich und ein brühwarmes Tässchen vertragen.

CHARLIE Wie wär's mit einer ordentlichen Grundlage, John?

JOHN Hab keinen Hunger, aber hol dir ruhig was. Ich hab in den letzten sechs Wochen mindestens anderthalb Schweine verputzt.

Sie bleiben auf der Feuerleiter. Wenn sich der alte Italiener draußen rumtreibt, ist es bestimmt schon halb sieben. Es wird wärmer.

JOHN An manchen Tagen wünsche ich mir, ich wäre Erdkundelehrer im verfluchten Woolton geworden.

CHARLIE Flicken auf den Ellbogen und einen Becher mit Sprung für die Pfeifenreiniger.

JOHN Samstags? Verdrück ich mich für eine Weile. Zur Teezeit. Zweieinhalb Pints und ein bisschen in der Spätausgabe blättern. Ruhe vor den Kids.

Charlie Haimes hört, wie an der Tottenham Street ein Stapel Zeitungen abgeworfen wird. Jalousien sausen mit beschwingtem Kreischen in die Höhe. Irgendwo in der Nähe der Goodge Street Station faucht ein manischer Brüller Unverständliches.

JOHN Das hier wird ein Knaller, Charlie.

CHARLIE Der jeden von den Füßen haut. Willst du wieder rein?

JOHN Nur noch eine halbe Minute.

Seit neun Uhr gestern Abend sind sie zugange. Das wird heute wieder ein Zwölfstundenritt, bei dem am Ende nichts als ein Schwall schiefer Töne rauskommt. Ein moppeliger Junge läuft über die Tottenham Street, in der Hand einen Eimer Leim, unterm Arm die letzten Plakate. Mit denen wird er die halbe Nacht lang die Stadt zugekleistert haben. Elvis Costello. The Slits. African Head Charge im Hackney Empire.

JOHN Ist dir schon aufgefallen, dass die letzte Stunde oft am meisten bringt?

Der ewige Optimist, denkt Charlie Haimes, den wieder der Tinnitus plagt – echt lästig – um gar nicht erst von den verdammten Hämorrhoiden zu reden. Ein Becher Salz, heißt es, ins lauwarme Badewasser. Soll gut gegen Hämorrhoiden sein. Charlie Haimes hat ein Farmhaus abzuzahlen. Sein Plan: All das hier zu stecken und 365 Tage im Jahr auf der heimischen Scholle zu bleiben. Ein Eselasyl aufzumachen. Für Esel hat er nämlich was übrig, der Charlie Haimes. Die haben so was Spirituelles, irgendwie. Und als Kind hat Dora zwei gehabt – Billy Joe und Dixie.

JOHN Ich schreib ein paar Zeilen, Charlie. Lass einfach ein Band laufen, und ich gebe uns Worte für dieses verdammte Machwerk.

Häppchenweise ist die Story im Verlauf des Sommers durchgesickert. Er redet von der Insel, redet von der Höhle. Von irgendeinem Typen mit nur einem Ohr, ein Dachs hat sich das andere geholt. In Sachen Dachse hat Charlie Haimes gemischte Gefühle. Verbreiten Tuberkulose. Heißt es zumindest.

John singt ein bisschen mit amerikanischem Akzent – so was wie einen alten Jingle:

JOHN Jeder Tag ein Urlaubstaaag – im A-me-thyst Hotel …

Amethyst? Wie der Edelstein? Der Schmuckstein? Der aussieht wie ein Vogelauge im Regen? John klatscht in die Hän-

de. Er wirft dem Toningenieur Charlie Haimes einen Kussmund zu, stößt die Stahltür auf.

JOHN Lass dir ruhig Zeit, Charlie.

CHARLIE Bin gleich bei dir.

JOHN Mach was Feines, mein Haimes!

CHARLIE Erzähl mir einen, den ich noch nicht kenne.

JOHN Wo ein Charlie ist …

Die Morgensonne linst über einen Dachfirst. Das Meer? Ehrlich gesagt, er war noch nie am Meer, nein, nicht Charlie Haimes. Allezeit lieber einen schönen Tag an einem hübschen stillen See.

John steckt wieder den Kopf nach draußen.

JOHN Wie ich das sehe, Charlie, werde ich mich verflucht noch mal komplett verwandeln.

CHARLIE Immer langsam.

Charlie zählt die Kippen in der Schachtel. Neun. Er muss los, neue besorgen. Ab sieben hat der Eckladen geöffnet. Könnte sich auch im italienischen Café blicken lassen. Der alte Fuchs absolviert sicher gerade seine Rituale. Kaffeedüse wischen, die Fettabscheider auslassen, Radio anmachen. Eile mit Weile. Lebe Moment für Moment, so lebst du ein gutes Leben.

Die Story, die durchgesickert ist? Das Zimmer mit der Nummer neun. Die Krähen die reinste Gestapo. Die Stimmen in den Bäumen.

JOHN Ich kehre mein Innerstes nach außen. Ich entblöße meine verdammte Seele, Charlie. Ich liefere die verfluchten Texte für dieses Ding. Über das, was auf der Insel passiert ist.

CHARLIE Ich lass das Band laufen, John.

JOHN Rauch erst zu Ende.

CHARLIE Na gut.

JOHN Und verlier mir bloß nicht das verdammte Tape, Charlie!

Hinter ihm fällt die Tür zu, und Charlie Haimes hat ein paar letzte frühmorgendliche Momente für sich allein an diesem Wochentag, einem Donnerstag mit sehr donnerstäglicher Stimmung. Nicht hoffnungslos, nein, keineswegs. Die rangierenden Züge vor der Goodge Street Station untermalen die Leere auf der Straße. Jetzt rauscht ein Lieferwagen der Post vorbei, und hinter der Stahltür singt John – singt la-la-la – und Charlie drückt seine Kippe am Geländer der Feuerleiter aus, und drinnen singt John – singt ha-ha-ha –, und die Spule des Morgens strafft und dreht sich.

Der Toningenieur Charlie Haimes bereitet sich auf den letzten Teil der Arbeit vor, ein neues Band einlegen, die letzten Tracks trennen, und drinnen singt John – singt tra-la-la –, dann tauchen auf der Tottenham Street zwei Kids auf, ein Junge und ein Mädchen, er lang und hager mit wirrem Haar, sie winzig, und beide lungern dort herum, und sie sehen zu ihm herüber – oder nicht? – wachsam wie Schlapphüte, und drinnen singt John, und der Junge beugt sich zum

Mädchen vor und sagt was, und sie stimmt zu, und beide ziehen weiter, aber irgendwas an den beiden verstört den Toningenieur Haimes, denn der Junge hat was Wölfisches, und das Mädchen hat was Elfisches.

Charlie Haimes geht ins Studio, tritt hinter sich die Stahltür zu, verriegelt sie und legt ein Band ins Telefunken M12 Magnetophon – Bandspannung konstant, Magnetventile unnötig – und John kauert da und raucht, eine Decke um die Schultern, und Charlie lässt das Band laufen, und John beginnt –

[Abschrift]

und wenn ich nichts mehr zu sagen hab – auch okay – dann hab ich eben nichts mehr zu sagen – [unverständlich] – auf dem Felsen lag ein verdammt riesiges Ei – läuft das Band, Charlie? – ich sehe es noch deutlich vor mir, bräunlich mit gelben Einsprengseln – kling ich, als würde ich gleich singen, Charlie? Endlich auf meiner Insel – ein gewaltiges riesiges Ei, groß wie mein Kopf, nein, größer, so groß, dass ein rosaärschiges Pavianbaby hätte rausspazieren können – lichtverschmiert, blaue Leere – [unverständlich] – ich bleib lieber ein bisschen auf Abstand zu diesem verdammten Ei – irgendwas scheint sich drinnen zu bewegen – gleich knackt die Schale, gibt was nach – besser, ich leg mich nicht mit diesem verdammten Ei an – vielleicht spaziert auch ein neugeborener John aus der Schale, spuckt Schleimreste aus – blass, mondgesichtig – ein magerer neuer John mit reiherlangen Beinen und Hühnerbrust – eine haarlose hühnerbrüstige Kunsthochschulenbrust – poetisch – tuberkulös – mit jeder Stunde wird es schlimmer, meine Liebste – am besten komme ich ihm mit dem scheißverdammten Richard Burton, oder? – blumenreicher – was soll das eigentlich heißen, blumenreich? – mein Wortschatz ist im Arsch oder sonst wo – in der Stadt fühlt sich mein Schädel groß wie eine Melone an – zu viel Lärm – auf der Insel ist mein Kopf winzig wie eine Erbse – ich könnte über den Fels robben und mein Ohr an das riesige Ei legen – drinnen gibt es fraglos Neuigkeiten – Schalen und Wände, Höhlen und Löcher, Räume und Mulden – hier ist ein Wort dafür – Gehäuse – nichts, über das man länger sinnieren sollte, Doktor – schließ die Augen – ich könnte eine Weile über den Fels laufen, würde eine verdammte Stunde totschlagen als großer dunkler Vogel, während der letzte Rest Tageslicht davonpirscht im tintenschwarzen, knochenstaksigen, nachtdunklen Reihergang – ach, holen wir uns Richard den verdammten Burton doch ganz dazu ja – es heißt, alle Waliser sind Diebe, oder? – wenigstens heißt es das in Liverpool – zähl dein Silber, sobald sich dieser Richard Burton wieder aus deinem Haus verkrümelt hat – das ganze Gewäsch – ich meine, ehrlich jetzt? –, solange ich noch kann, werde ich – blumenreicher! – [unverständlich] – bin endlich auf meiner verdammten Insel – schließe die verdammten Augen – laufe langsam einen weiten Bogen um das verdammte Ei – das Riesenei schimmert und schaukelt leicht – drinnen leises Pochen und Pulsieren – die Vergangenheit ist präsent – übers Meer wellt die dunkle Wasserhaut – kann ebenso gut gleich weitergehen – blumenbräsig und reiheräugig – lasst mich verdammt noch mal endlich in Ruhe, lasst mich verdammt noch mal endlich in Ruhe, lasst mich wenigstens auf meiner verdammten Insel in Ruhe – am Meeresgrund gibt es Millionen winziger Räume, aber keine Türen, keine Schlösser, keine Schlüssel – die Vergangenheit ist es, die eingesperrt wird – die Tinte des Meeres schwappt auf und ab – schließe beim Gehen die Augen, bin wieder in der Vergangenheit – schleiche zurück ins alte Haus – Onkel kommt die Treppe rauf – Onkels Lunge ist im Arsch – prustet wie ein kaputtes Akkordeon, Onkels larmoyante Lunge – wie seine Lippen Worte formen, welche Neuigkeiten sie bringen – sie ist fort, John – mutterloses Trebekind, allein zurückgelassen bei den Docks oder was weiß ich, was für eine verdammt rührselige Story – sie ist fort – hat mir ein Loch in den Arm gemacht und das ganze Geld reingepumpt – hier noch mehr Trommeln? Rasend schnell und immer schneller? – wie blaue Früchte hängen die Sterne herab – schön? – die Vergangenheit ist präsent – Ye Cracke heißt meine Stammkneipe, die stinkt nach Bier und versifften Mädchen – ich bin aus Galle, aus Nerven, aus zersplittertem Glas – ich hab so eine kreischige, mädchenhafte Lache – der War Room im Ye Cracke – sei verflucht noch mal leiser, John – um Mitternacht die Kirchenglocken – irgendwo eine Kleine in einem Hauseingang ficken – am Arsch der Bold Street – ein Steh-Quickie mit zitternden Knien – die Stadt gehalten in der gewölbten Hand ihres eigenen Lichts – ach, nachts auf einer Insel zu sein – die Vögel sammeln sich wie reuevolle Gedanken – dank dir, Charlie, das war wirklich nett – ein großer kecker Vogel auf Patrouille – verschon mich mit deinem verdammten Naziblick,

Kumpel – ich bin hier der Eindringling auf Gestein und Gras – gibt fürs Leben keine Patentlösung – sie verbirgt sich im Dunkel hinter jedem verfliegenden Moment – das ist meine Krankheit – sie ist der Schatten direkt unter meiner Haut – Julia – und die Insel treibt im schwarzen Wind der Nacht dahin – [unverständlich] – bring mich zurück, Mr. Haimes – schließ die Augen – die Insel bei Nacht – das verdammt riesige Ei ächzt – erwacht aus bitterem Traum – ein seltsam grünes Licht zieht über den Himmel – grün wie Starengefieder – schillernd – das ist jetzt also wirklich verdammt schön – stranddistel- oder efeugrün – Efeu wie auf einem Friedhof im November – die Vergangenheit ist allgegenwärtig – Regen in Liverpool, November, rund um Allerseelen, mitten in der Woche, spät am Morgen, ich sollte im Schulgebäude sein, bin es aber nicht – ich bin auf einem Kirchhof, genehmige mir unter tropfendem Efeu eine Kippe – wie er so stumpf aussieht und dabei doch im Hochglanz schimmert, weil sich sein eigenes Licht drin fängt – ich hab einen Ständer, draußen aber sollte man sich um derlei lieber nicht kümmern, das könnte zum gefährlichen Präzedenzfall werden – als Nächstes wichst du dann überall – auf der Insel regnet es nachts – gibt keine Möglichkeit hier draußen, die Tageszeit zu bestimmen, gibt nur Tag oder Nacht und dann Nacht oder Tag – Jahre können verfliegen – der Regen schmeckt nach Erde und Salz – das verdammte Riesenei ächzt – wer wird bald aus diesem Ei spazieren? – ich stecke tief drin, stecke so geschäftsmäßig tief drin, dass ich die Räumlichkeiten meiner schwarzen Seele aufsuchen kann – die Vergangenheit ist präsent – über die Schneeweiten von Quebec flogen wir – vier Stimmen in einem großen dunklen Saal – Montreal – diese sexy Schlingel – *la-di-da, la-di-dum-dum-da* – Schreie und Münder wie schwarze Schlünde, wie die Schnäbel winziger Vögel, die gefüttert werden wollen – was, wenn das verdammte Riesenei aufbricht und die Vergangenheit herausspaziert? – ich hätte gern fünf Minuten zurück, mehr nicht – setzt mich auf der Bold Street ab – auf der Insel naht die Nacht, und ich schreie, doch wird es wieder verschluckt – den Kopf eine Weile gegen den Fels hämmern? Was, wenn danach nicht mehr viel Zeit bleibt? – all das düstere Geschnatter – laufe eine Weile durch Dunkelheit und über Fels – auf den Festlandhügeln brennen Lichter – der exilierte Prinz auf dem gekrönten Eiland, stattlich, hakennasig, reiherschlank – gleich gönn ich mir eine Kippe – so viele Meilen weit fort von der Liebe und von zu Hause – die Nachtvögel kreischen und meckern – das schwarze Wasser wogt – wo du dich niederlegst, Liebste, da ist die Mitte meiner Welt – ich wollte dich auf elf verschiedene Weisen lieben, und das habe ich auch getan – über den Damm laufen, das ist, als liefe man über den Mond – große Felsen und Steine, und das schwarze Wasser wogt – das Sternenlicht läuft mit kalten Motoren – die ganze Nacht halten Vögel ihre Konferenzen ab – ein riesiger grauer Vogel versteckt den Kopf unterm Flügel, lupft ihn aber langsam wieder, als ich vorübergehe, um mir den bösen Blick zuzuwerfen – hat was Majestätisches, nicht? – ich setze mich zu einem Päuschen hin – mein tantenhafter Moment – Mimi, Darling – ich lehne mich zurück in den Nachthimmel – ist natürlich furchterregend, dieses verdammte Gefühl – dann kreuzigt mich doch oben auf der verfluchten Bold Street – verkauft verdammt noch mal Eintrittskarten – gibt es nicht so was wie Handlungsfähigkeit? Bei meinem süßen englischen Arsch, die gibt es nicht – eher verfügen die Maden unterm Stein darüber – oben auf der Rathausuhr hocken Tauben – für eine Weile kannst du sein, wer immer du sein willst – das ist alles – wo ich bin, ist die Mitte der Welt – daran müsst ihr immer glauben – habt ihr das kapiert, Kinder? – Wie war das damals im Sefton Park? – er ein Krüppel und sie ein verhuschtes, nervöses, schusseliges junges Ding – hat sie ihn Alf genannt? Oder Freddie? – er imitiert alle Stimmen – wie sie sich frisiert – er will ihn reinstecken – sie will ihn drinnen haben – hat er sie zunächst befingert? – über die Lark Lane bring ich dich nach Hause – so fern sind sie mir heute, so lange fort – über die Weiten des Meeres – an ihn zu denken fällt schwerer als an sie – die Kälte steckt mir tief im Blut und in den Knochen – geh eine Weile unter ersterbenden Sternen dahin – der Morgen zieht über dem Wasser auf – das verdammte Riesenei ächzt – das verdammte Riesenei knackt – er spaziert heraus mit rauer roter Haut und schmierigen Federn – diese blasigen schwarzen flehenden Augen – alles in Ordnung, Freddie? Alles in Ordnung, Junge? – im Federkleid liegt er zwischen den Felsen, kauert vor mir – Alfred? – sein Erster-Weltkriegs-Gesicht – und ich hab nichts mehr zu sagen – leg meine Finger an seine Wange – er seufzt mir einen winzigen Hauch in die Hand – mit jedem meiner Atemzüge wird er kleiner – ich hab nichts mehr zu sagen – bringt mich von hier fort – versetzt mich zurück auf die Bold Street – lasst mich mit der Menge durch die Straße spazieren – die ausgebombte Kirche – das Ropewalks rappelvoll mit Staren – ein unvoreingenommener

Luftzug hebt den Rocksaum an, zeigt ihre Kniekehlen – sie ist nicht gerade der Hingucker, aber trotzdem – das Treiben auf der Bold Street – eine Mam, ein Dad und ein klebriggesichtiges Kind – das Flennen des Kleinen im Vorübergehen – der ist aber echt schweinehässlich, Missus, ein klarer Fall für den Umtausch – eine müde Witwe auf ihrem rituellen Bummel – steht dir alles noch bevor, Liebste – und eine schwungvolle Tolle überm Deppengesicht – ein whiskeyschwangerer alter Furz in grünem, pissfleckigem Gabardineköper – das Lyzeum – der Tunnel zum Hauptbahnhof – die Bold Street – die Oberschichtstenze und die blühenden Gin-Nasen – vielleicht habe ich bald einen Auftritt – könnte wieder öffentlich spielen – falls es klappt mit Mr. Knowles in Ecclesworth – der ein Wichser ist – oder war es Mr. Eccles in Knowleston? – fünfzehn Mäuse und ein Schnitz Ingwer im Arsch – das Treiben auf der Straße – vor dem Cripps ein paar blassgesichtige Schwestern – beglotzen Gürtel und neckische Trikotagen –, wenn ich ihr meine Blicke in den Rücken bohre, spürt sie das und dreht sich vielleicht um, die Hübschere – tatsächlich, sie dreht sich um – okay? – Stupsnase, schwesterliches Grinsen – das Treiben auf der Bold Street – wie ihr beim Zurückschauen das Gestrickte übers Schlüsselbein gleitet – von den Stufen zum Lyzeum schaut eine Katze zu – porzellanige Ruhe im Knochenweiß ihrer Augen – die geschäftigen Gesichter – die Mopsvisagen – das Lancashire-Irisch – die Traufen der Geschäfte und die Traufen der Kirchen – ich stehe vor dem verdammten Lyzeum – stehe vor Cripps' Schaufenster – ich bin der flotte Kumpel – der Abzweig zum Bahnhofstunnel – wieder die Schwestern – sie wispern und drehen sich aufs

Neue um – die Hübschere legt eine Hand an den Mund – ihr Gesicht ist blass und verrät Interesse – ihre Hand weiß und winzig – ein Vogelknochenhandschuh – ich stehe vor dem Lyzeum – ich stehe beim Abzweig zum Bahnhofstunnel – militärisches Klacken von High Heels auf dem Pflaster der Bold Street – darunter rumpelt die Stadt – Kalksteinluft und geheime Ecken – ein Hauch der Mädchenstimmen noch in der Luft – die Stimmen gelb gefärbt, Racing-grün – ihre Stimmen kommen aus den Lichtungen und Mulden im Wald – am beschlagenen Fenster eines Mördercafés schlachtet ein schleimiger alter Kauz einen Teller Blutwurst mit Fritten – Hallo, Tony? Hallo, Taff – ich lasse mich mit der Menge durch die Straße treiben – Pubstimmen hallen von Messing und Fliesen wieder – sexy rauchgeschwängerte Tabakstimmen – gut gereifte Ladys – bemalte Lippen und Landkartengesichter – die Schüssel der Stadt füllt sich mit Nacht – da draußen wogt grün die Flussmündung – da draußen sind die von Teufeln heimgesuchten Hügel – das erste Sternenlicht erhellt die kalten Lande – über meine Dandylippen kommt ein Nonsensgedicht – *o du toller Vorstadt-Jack, wie gemacht für den Spiegel und wie gemacht fürs Bett* – der Abzweig zum Hauptbahnhof – die weiße Katze lächelt – und hört doch? – die Welt ist immer noch dieser ferne Abend, so leise widerhallend wie eine leere Kirche, und wenn wir wollen, können wir jetzt still sein.

TEIL NEUN

Der Karneval ist vorbei

Die Insel war verdammt anstrengend. Lange hat er es da draußen nicht ausgehalten. Jetzt schlägt er im Bauernhaus in den Hügeln die Zeit tot. Bald kommt der Wagen, um ihn zum Flughafen zu bringen – Cornelius –, und bald ist er wieder in der Luft. Er sitzt auf einem harten Stuhl beim spinnenwebübersäten Küchenfenster – in den Netzen sieht er einen trägen Mann. Er hat das Haus für sich, und der Tag ist nicht ohne seine Momente: Eine Ente watschelt durch eine Pfütze im Hof. Scheint in ernsten Geschäften unterwegs zu sein. Irgendwo weit fort jault ein Hund. Nie kämen sie auf die Idee, mich in dieser irren Abgeschiedenheit zu suchen. Er trinkt starken Tee und raucht eine Kippe – Scheiße, bleib in Bewegung, John. Überbrück die Stille, die Lücken.

Bald wird er mit etwas Neuem anfangen können. Er wird etwas Zartes schaffen, etwas Feines, ganz Eigenes. Und alles wird schön werden. Schließlich ist er immer noch unser verdammter Held. Er kann die Hügel hinab bis zum Wasser sehen. Die Zeit verlangsamt sich so merkwürdig, bis man gerade eben ihr Getriebe erkennen kann – nur hier und da, wie es hin und wieder geschieht in dieser Maienzeit. Die Momente perlen ineinander, einer nach dem anderen, ordentlich, doch manchmal kehren sie um, laufen rückwärts, und das erklärt eine Menge. Wie sich zeigt, kann man ein bisschen damit spielen, kann die Zeit zu sich zurückwirbeln lassen. Er atmet tief und fühlt die Schlangenlänge seiner selbst. Vitaminreiche Trauer füllt ihm die Lungen. Wo führt mich das hin, wenn ich mit all dem weitermache? Wieder diese verdammten Heilsbringerträume. Er kann die winzigsten Details sehen, und er kann das große Ganze sehen. Jetzt regnet es auf die Dachschindeln, und es geht ein Konzertinawind. Da unten im Niesel und im Trüben liegt die irische Küste. Schwer zu erkennen, wo man verdammt noch mal gerade ist oder wann.

Eine Weile durchwandert er die Hügel oberhalb von Mulranny. Es ist sehr still. Er folgt der alten Bahnstrecke. Inzwischen hat es aufgeklart, ein heller Tag. Nirgendwo sind Menschen zu sehen. Schatten der Gleise wabern zu lautlosem Getrommel. Er setzt sich in eine flache Hügelmulde und ruht sich eine Weile aus. Eine Windbö schnappt nach ihm und flaut dann ab, über Himmel und blaue Bucht spannt sich vollkommene Stille. Irgendwas bewegt sich. Er sitzt so reglos er kann und wagt kaum zu atmen. Ein Hase im äußersten linken Blickwinkel; wenn er sich nicht bewegt, wird er vielleicht nicht verschwinden. Irgendwo hat er mal gelesen, dass der Hase in der irischen Mythologie nichts Gutes bedeutet. Soweit er weiß, gibt es in der irischen Mythologie aber auch scheiß gar nichts, das etwas Gutes bedeutet. Der Hase hockt nur wenige Schritte neben ihm. Er ist so nahe, dass er sehen kann, wie sich in seinen

Augen der graue Fels der Hügel und das Blau der Bucht spiegeln. Das Tier blickt über den Hang, kann ihn in der Mulde aber nicht erkennen. Eine Nase wie ein weicher Lederbeutel, sie zuckt, versucht zu erschnuppern, was so seltsam ist, kann es aber nicht fassen. Hörst du mein Herz nicht rasen? Wieder fegt eine Bö heran und knickt das hohe Gras – alles ist so immens. Er sitzt absolut still und grinst wie blöd – er besteht nur noch aus diesem Grinsen. Der Hase stellt sich auf die Hinterbeine, reckt sich mannhaft. Eigentlich ein verdammt fescher Bursche. Jedes Zucken, jede angespannte Sehne rät ihm, davonzurennen, aber da ist noch dieses Seltsame in der Luft, das er nicht rafft. Herrgott noch mal, lass den verdammten Moment andauern unter diesem Himmel, vor dem Blau dieser Bucht. Einen winzigen mechanischen Uhrwerktick weit bewegt der Hase die Nase, inspiziert die Felder der Maienzeit in den Hügeln oberhalb von Mulranny. Vom Hotel unten ein plötzliches Klappern – aus der Küche – und schnell wie das Licht huscht der Hase davon, die puckernden Läufe trommeln durch die Mulden in den Hügeln. Scheiß auch. Er steht auf und geht noch eine Weile spazieren, geht runter an den Strand und raucht eine Kippe. Irgendwelche Viktorianer lustwandeln am Strand. Er ruft ihnen im Vorübergehen einen Gruß zu –

Alles okay?

– aber sie winken nur steif und schüchtern.

Wieder im Farmhaus.

Cornelius kommt herein, rotgesichtig und ganz aufgeregt –

Was den Mercedes angeht, ist das kein guter Tag, John.

Ach ja?

Der Auspuff hat wieder mal eine Macke. Es gibt da wen in Mulranny, der könnte ihn flicken und den Wagen vielleicht noch heute Abend wieder vorbeibringen, ist aber eher unzuverlässig, der Mann; außerdem leidet er an Ohnmachtsanfällen.

Verstehe.

Die schlimmere Nachricht aber ist die, dass es der Lieferwagen auch nicht mehr lange macht.

Tee ist aufgesetzt. Sie warten auf den Mann aus Mulranny. Es geht ein gefährliches Gerede von Sandwiches mit Blutwurst.

Er läuft im Hof auf und ab. Er denkt daran, was er seiner Liebsten sagen will, und er denkt daran, das Kind in den Armen zu wiegen. Er raucht, um die Gefühlsduselei zu deckeln. Hoch oben im County Mayo lehnt er sich an die Mauer des Farmhauses, unten rollt der Atlantik heran – so hypnotisch –, und wenn man die Augen schließt, kann man sich in seine schwarzen Trifte fallen und treiben lassen, und man kann sein, wer immer man sein will.

Auf der Bold Street lässt er sich mit der Menge treiben. Er trägt ein mitternachtsgrünes Teddy-Boy-Jackett mit dunkelrotem Samtkragen, oder sagen wir kirschrot, dazu in marmoriertem Marineschwarz eine hochtaillierte Röhrenhose, die zwei Zentimeter überm Knöchel endet, um die Socken mit Leopardenmuster und die kreppsohligen Pufftreter in Wüstenbraun aus höchst empfindlichem Wildleder besser zur Geltung zu bringen; das Haar ist zu einer Entenschwanzfrisur gegelt, und die gekräuselten Lippen sagen siebzehn; er ist so verdammt scharf, nur geht seine Mum neben ihm. Ein Kaulquappenkid fährt auf rostigem Bike vorbei, hält, rammt einen Fuß auf den Bordstein, stellt das Rad quer und blockiert ihnen den Weg. Er mustert John mit hartem Blick. Er sagt –

Hab gehört, ein Niggerdampfer hat angelegt.

Sie geht direkt auf den Jungen zu, baut sich dicht vor ihm auf. Wie sie da steht, beinhart, und sie sagt –

Verpiss dich.

Und der Kleine verpisst sich.

Der Mann aus Mulranny lässt sich nicht blicken.

Verstehen Sie jetzt, John, dass ich mein halbes Leben lang am Ende irgendwelcher Gassen auf irgendwelche kolossalen Arschlöcher gewartet habe, die nie aufgetaucht sind?

Genau wie jetzt.

Der Lieferwagen hat tatsächlich den Geist aufgegeben.

Dann gehen wir eben zu Fuß, John. So finden wir wenigstens raus, was mit dem Mercedes los ist.

Sie gehen den Berg hinab. Gehen in Richtung Mulranny. Gehen durch die Nacht. Sie kommen ans Wasser und folgen der langen, dunklen, gewundenen Küstenstraße. Die Welt heute Nacht ist ein monochromer Traum. Ein pockennarbiger Mond schielt auf Bucht und Straße. Cornelius hebt den Blick, um ihn zu verfluchen.

Verdammter Brocken, sagt er.

Geht eine seltsame Anziehung von aus.

Solange die nicht unsere Schritte lenkt, John.

In der Hecke ein nächtlicher Chor Vögel wie fette junge Anwälte – ein wohlsituierter Chor. Weiter auf ihrer sentimentalen Reise. Ein bleichgesichtiger Schritt vor den anderen. Jetzt steigt die Straße an, als käme eine Kuppe, und jenseits der Felsen breitet sich das Meer aus, und eine Meute sich bewegender Lichter flitzt durchs Wasser – ein Schwarm Fische?

Ganz genau, sagt Cornelius.

Elektrisierend, aber schon führt die Straße wieder ins Landesinnere, dem dunklen Felsenreich zu, den Hügeln der Nacht. Vor ihnen eine Gestalt; da ist wer.

Scheiße auch, sagt er.

Also, sagt Cornelius, diese Lady da, John?

Ja?

Ist hundertzwölf Jahre alt und immer noch quietschfidel unterwegs.

Okay.

Guten Abend, Margaret.

Cornelius, sagt sie, hebt aber nicht mal den Blick.

Das hier ist Kenneth, Margaret, ein Vetter aus England.

Wie geht's, Ken, sagt sie, hebt aber immer noch nicht den Blick.

Gar nicht übel – kaum hört sie seine Stimme, dreht sie sich zu ihm um.

Aha, sagt sie.

Margaret, sag's uns, denn der hier glaubt mir nicht. Wie alt bist du?

Ich hab mein einhundertzwölftes Jahr erreicht.

Und wie fühlt man sich da?, fragt John.

Man schlägt sich so durch, sagt sie.

Erspar uns das Rechnen, Margaret, in welchem Jahr bist du geboren?

Ich bin, sagt sie, 1866 geboren.

Damals hat man das Gras am Wegesrand gefressen, Ken.

Scheiße auch.

Und Margaret kann sich an alles erinnern – du kannst sie fragen, was immer du willst.

Was denn zum Beispiel?

Irgendwas, egal, pass auf – Margaret, wieso wurde 1941 das Munster-Hurling-Finale vorzeitig abgebrochen?

Wegen der Maul- und Klauenseuche.

Siehst du, Ken?

Sie trägt einen pinkfarbenen, bis auf die Knöchel reichenden Regenmantel und dazu grellgelbe Adidas-Sneakers. Die wenigen Haarsträhnen, die ihr geblieben sind, hat sie hochglanzschwarz gefärbt, was sie wie irgendwo aufgeklaubte, in Öl getunkte und verzwirbelte Vogelfedern aussehen lässt.

Jetzt mustert sie John interessiert.
Warst du schon mal im Fernsehen?

Kann sein.

Damals warst du noch jünger.

Tja, so ist das nun mal.

Die Nase erkenn ich wieder, sagt sie. Und du hast ein paar Pfund abgenommen, oder?

Ich ernähre mich jetzt makrobiotisch.

Außerdem wart ihr zu viert, sagt sie.

Stimmt.

Der Sänger war ein Hübscher, sagt sie. Augen groß wie Untertassen, und dann dieses Lied, irgendwas über eine Amsel.

Stimmt, sagt John.

Tja, Margaret, sagt Cornelius. Falls so ein junger Mann nach Klarheit suchen würde, Klarheit über seine Gefühle, was würdest du ihm da raten?

Von was für einer Art Gefühl reden wir?

Von scheißverdammt komplizierten, sagt John.

Ich sag dir, was du tun kannst, sagt sie. Du kannst dir mal die Gosche mit Seife auswaschen.

Tschuldigung.

Wie auch immer, sagt sie, blickt wieder übers Meer und schüttelt bekümmert den Kopf. Das Beste ist, rein gar nichts zu fühlen, denn alles, was nach fünfzig kommt, Jungs, ist sowieso die reinste Hölle.

Sie wendet sich ein letztes Mal an ihn –

Kann aber auch nichts schaden, dann und wann ein kleines bisschen arrogant zu sein.

Wie sich zeigt, ist das geprüfte Leben ein Schmerz in den Eiern. Vor sich selbst fliehen kann man einzig und allein, indem man schreit und fickt und macht und tut. Er wird nie wieder an die alten Orte zurückkehren. Er wird nie wieder in den Sefton Park zurückkehren.

Er trat aus dem Schatten eines Baumes. Die Sonne blendete ihn. Er trug eine bescheuerte Melone. Er sah aus, als röche er nach Schwefel. Setzte sich zu ihr auf die Bank. Wie findest du meinen Hut, sagte er. Blöd, sagte sie, und er nahm ihn ab und warf ihn in den Ententeich. Was für einen Sprung ihr Herz da machte.

Das sind gefährliche Worte auf unseren Lippen, Freddie.

Im Trocadero sah sie ihn zum ersten Mal. Irgendwas war in seiner Stimme, was ihre ein wenig heiser werden ließ, wenn sie etwas zu ihm sagte. Sie riet ihm, die Finger von ihr zu lassen, und er zog ein Gesicht wie ein begossener Pudel.

Er wollte den Hut wieder aus dem Teich fischen, bekam ihn aber nicht zu fassen. Wie er da stand, die Hände in die mädchenhaft schmalen Hüften gestemmt ...

Könntest ein Paddel gebrauchen, sagte sie.

Trotz Frühling und Sonne war es kalt im Park. Er zog eine Grimasse und markierte den verliebten Clown – wenn er es gewagt hätte, sie zu küssen, hätte sie den Kuss vielleicht erwidert – und er wischte sich die Hände am glänzenden

Hosenboden ab, als wollte er sagen, alles geregelt, von nun an stecken wir da zusammen drin, Julia.

Die Lichter des schwarzen Meeresschwarms schimmern wie ein Kokspalast.

Wie bitte, John?

Ein Songtext, Cornelius. Ich meine, ich arbeite noch dran. Geh ihn genauer durch.

Verstehe.

Ich lass die Worte einfach sprudeln, wissen Sie, das ist wie, ich weiß nicht ... *blablabla*. Ganz ohne nachzudenken. Wie eine Art ... Brabbeln. Ohne nachzudenken. Um ans Unterbewusste zu kommen. Und irgendwann weiß ich dann, ob es was taugt.

So funktioniert das?

Manchmal, aber die Phantasie ist ein schwacher kleiner Vogel. Sie müht sich ab, Cornelius, und flattert ein wenig umher.

Glaub ich gern, John. Kokain hab ich nie genommen.

Ich neige dazu, dass für eine gute Einstellung zu halten.

Allerdings war ich eine Zeitlang süchtig nach Hustensaft.

Erzählen Sie mehr davon.

Jeden Abend nach dem Essen hab ich fünf oder sechs Fläschchen getrunken.

Himmel. Und? Wie fühlt man sich, wenn man sechs auf ex getrunken hat?

Als wär man in Watte gehüllt. Oder in Gänsedaunen. Es fühlte sich an wie Mutterliebe. Egal, wie hart oder grausam die Welt oder der Abend auch war, man fühlte sich ... wie ein Baby ... wie ... Wie lautet das Wort, das ich suche, John?

Frisch gewickelt?

Genau. Rundum behütet vor der rauen Welt.

Gab's Halluzinationen, Cornelius?

Scheiße, jede Menge. Ich war der festen Überzeugung – monatelang ging das so –, dass eine bestimmte Kluft in den Bergen auf dem Weg zum Highwood so eine Art Zwinkern war, fuhr ich abends da vorbei. Als würde der Berg auf irgendwie vorwitzige Weise das Vergehen der Zeit anzeigen.

Eine Kluft in den Bergen war ein Zwinkern?

Genau. Im Scheinwerferlicht, wenn ich da vorbeifuhr.

Cornelius?

John?

Ach, nichts.

Sie kommen nach Mulranny. Aus Diskretionsgründen entscheiden sie sich für eine unauffällige Bar mit einem kleinen Torffeuer. Er bestellt nur eine Kanne Tee; doch in kurzen Abständen kommen große fleischgesichtige Gentlemen mit Bauernhänden und Bauernbenimm vorbei, um ihnen einen Schuss Whiskey in den Tee zu kippen. Und schon bald dreht sich das angeregte Gespräch ums Highwood. Wir würden wohl kaum lange dableiben, Ken, es gibt heute Abend keine Musik, zumindest ist keine geplant. Komplizierte Telefongespräche wegen eines fahrbaren Untersatzes werden geführt. Man einigt sich darauf, die Dinge entspannt anzugehen, denn letzten Endes sei es doch eher unwahrscheinlich, dass sich kein Wagen auftreiben lässt. Natürlich hat genau diese Einstellung das ganze Land in die Knie gezwungen, aber dennoch ... Die einzige Frage von Bedeutung lautet, wohin wir unterwegs sind, und das ist eine Frage, die auch das Leben im Allgemeinen betrifft und ebenso gut ignoriert werden kann. Flugzeuge fliegen schließlich jeden Tag der Woche über Himmel und Meer. Der Hund Brian Wilson gibt sich die Ehre und schlurft ein wenig schafsdämlich durch die Tür wie ein Stammgast, dem man kürzlich Lokalverbot erteilt hat. Er sucht sich ein Plätzchen am Feuer. Er wird von seinem Herrchen begleitet, einer flatterhaften Person mit länglichem Schädel, die von aller Welt nur Dutch Mike genannt wird. Wissen Sie, ich habe diesen Hund mal in Newport getroffen. Wann war das? Erst vor kurzem und ziemlich früh am Morgen. Newport ... dahin verduftet er also. Ja, und er hat eine ziemlich gute Singstimme. Der Abend lässt sich durchaus nicht unvernünftig an. Leute kommen, Leute gehen, und eine Fahrt zum Highwood wird verabredet. Wir folgen der Straße, und über uns reisen beschwingt die Sterne dahin. Kenneth wird in den westlichen Bergen längst als komischer Vogel akzeptiert, zumindest wollen wir es so scheinen lassen. Und hat es nicht auch einen gewissen Zauber, wie sich uns die Maienzeit darbietet?

Und wieder wird es Morgen. Er spaziert über den breiten, menschenleeren Strand von Mulranny. Es ist ein klarer, kalter Tag, und ihm prickelt das Blut vor Neuigkeiten. Seine Erleichterung ist mit Worten nicht zu beschreiben, denn sie ist ein innerer Zustand, einer des Blutes. Der Wind weht mit scharfen Spitzen, und John verkriecht sich in den Anzug des alten Mannes. Flanieren – ungebeten kommt ihm das Wort über die Lippen, und er muss lachen. Ich gehe eine Weile flanieren. Der Sand wirbelt kleine Verwehungen auf, wirft helle Muster und seufzt, wenn er in windstillen Pausen wieder zu Boden sinkt. Winzige merkwürdige Vögel laufen mit spindeldürren Beinen vor den schäumenden Wellen auf und ab und halten einen empörten Schwatz. Eine Krähe in Knobelbechern schaut ungläubig zu und krächzt deprimiert. Dann ist da das Geräusch der eigenen Schritte, sein leichter Atem, und nun schwebt in der Ferne auch noch eine schwarze Perle über den Sand, bewegt sich, kommt näher und schwillt zu einem Gebrumm an, das den Lärm der Vögel, seinen Atem und das Geräusch seiner Schritte übertönt, und kaum bei ihm – der alte Mercedes –

verlangsamt der Wagen auf schickliche Weise die Fahrt, und eine der hinteren Türen schwingt auf.

Mit quietschender Kette radelt der Kaulquappenjunge davon, wir aber folgen der nachmittäglichen Bold Street, und obgleich ich deine Lippen sich bewegen sehe und deine Stimme höre, kann ich kein Wort mehr verstehen, nur das eine – John – und wir unternehmen einen ganz gewöhnlichen Bummel, womöglich aber auch eine unserer kleinen Eskapaden, sagen wir an einem Mittwoch, zu einer Bäckerei oder einem Café oder dem Plattenladen, vielleicht, um eine letzte Rate zu zahlen, und ich kann dich sehen, wie du dich zu mir umdrehst und lachst, und wir sind am Abzweig zum Hauptbahnhof, aber ich verstehe kein Wort mehr, und das fällt mir ganz und gar nicht leicht, denn die Liebe ist ganz und gar nicht leicht. Doch ich sehe dich auf der Bold Street, als wir uns aufs Neue mit der Menge treiben lassen, und da ist ein Stocken in deiner Stimme, ein Zaudern, ein Zagen, eine Trauer, die mir sagt, dass die Zeit sich weiterdreht und der Sommer bald seine grünen Strähnen über die Bäume spinnen wird.

Die Rowohlt Verlage haben sich zu einer nachhaltigen Buchproduktion verpflichtet. Gemeinsam mit unseren Partnern und Lieferanten setzen wir uns für eine klimaneutrale Buchproduktion ein, die den Erwerb von Klimazertifikaten zur Kompensation des CO_2-Ausstoßes einschließt.

www.klimaneutralerverlag.de

FSC® www.fsc.org

MIX

Papier aus verantwortungsvollen Quellen

FSC® C083411